LES SEPT NUITS DE LA REINE

Paru dans Le Livre de Poche :

OÙ COURS-TU ? NE SAIS-TU PAS QUE LE CIEL EST EN TOI ?

RASTENBERG

CHRISTIANE SINGER

Les Sept Nuits
de la reine

ROMAN

ALBIN MICHEL

A Monique et à Pierre

Lettre à un ami

Vous m'avez demandé d'écrire le récit de ma vie.

Une prière innocente pleine d'amicale sollicitude et que je me suis gardée d'exaucer.

L'idée m'est venue de faire tout autre chose ; et comme j'en ai eu de la joie, j'y ai vu une sorte de garantie de vous en donner peut-être aussi.

Je me suis demandé quelle est cette force indécelable à l'œil et qui tient ensemble notre vie, qui, d'une multitude atomisée d'instants, parvient à faire une unité. De quelle nature est-il cet invisible mortier ?

Je crois le savoir désormais : c'est la nuit, la face cachée aux regards.

Tout ce qui a constitué nos vies et continue de le faire, les formes et les contours du monde manifesté, les espérances, les attentes, les séparations et les jubilations, tout trouve sa consistance ultime dans le formidable alambic de la nuit.

Vous souvenez-vous de la question qui nous avait préoccupées : celle que s'était posée Péguy devant la dernière œuvre – en prose – de Racine, Iphigénie en Tauride *: que s'est-il passé pour que cette œuvre n'agisse pas ? Les personnages comme les épisodes y sont, dit-il, « les uns au bout des autres », à la queue leu leu. Rien ne touche, rien ne forme le lien. Le Prince fait ceci, la confidente fait cela, le peuple fait ceci et Iphigénie fait cela. Rien ne neutralise la dispersion. Et de constater brusquement : ah bien sûr ! Ce qui manque, c'est le vers ! La magie du vers !*

Ainsi, de l'existence. Sans le lyrisme de la nuit, la vie ne prend pas forme. Le fléau moderne de « l'aggloméré » ! Le mauvais matériau tenu par l'artifice d'un quelconque liant synthétique ne tient pas la traversée, s'émiette, s'effrite, se déconstruit en route. L'acharnement à enrichir la biographie ne sait qu'accumuler péripéties et épisodes, liaisons, voyages, acquisitions de personnes et

d'objets ; l'indigence demeure, la fadeur, le
« que se passe-t-il pour qu'il ne se passe toujours rien ? »

J'ai compris que nous ne pouvons affronter
le jour que lorsque nous avons la nuit en nous.

Je vous envoie le récit de sept nuits (sans
omettre la nébuleuse des jours qu'elles éclairent).

Pourquoi sept nuits ? me demanderez-
vous.

Parce que Dieu a créé le monde en sept
jours et l'a confié aux hommes, il a donné
aux femmes la garde des nuits. Il faut en
comprendre la raison. Les nuits sont trop
immenses, trop redoutables pour les hommes.
Non, bien sûr, que les femmes soient plus
courageuses ; elles sont seulement plus à
même de bercer sans poser de questions ce
que la nuit leur donne à bercer : l'inconnais-
sable.

Je vais faire sourire, n'est-ce pas, par ma
naïveté ? Oserai-je vous dire que cela me ras-
sure ? Accordez-moi, je vous prie, que c'est le
propre même du versant secret du monde de
n'être pas au goût du jour.

Quand je demande à ceux que je rencontre
de me parler d'eux-mêmes, je suis souvent

*attristée par la pauvreté de ma moisson. On
me répond : je suis médecin, je suis comptable... j'ajoute doucement : vous me comprenez
mal. Je ne veux pas savoir quel rôle vous est
confié cette saison au théâtre mais qui vous
êtes, ce qui vous habite, vous réjouit, vous
saisit ? Beaucoup persistent à ne pas me comprendre, habitués qu'ils sont à ne pas attri-
buer d'importance à la vie qui bouge doucement en eux. On me dit : je suis médecin ou
comptable mais rarement : ce matin, quand
j'allais pour écarter le rideau, je n'ai plus
reconnu ma main... ou encore : je suis redes-
cendue tout à l'heure reprendre dans la pou-
belle les vieilles pantoufles que j'y avais
jetées la veille ; je crois que je les aime
encore... ou je ne sais quoi de saugrenu,
d'insensé, de vrai, de chaud comme un pain
chaud que les enfants rapportent en courant
du boulanger. Qui sait encore que la vie est
une petite musique presque imperceptible qui
va casser, se lasser, cesser si on ne se penche
pas vers elle ?*

*Les choses que nos contemporains semblent
juger importantes déterminent l'exact périmètre de l'insignifiance : les actualités, les prix,
les cours en Bourse, les modes, le bruit de la*

fureur, les vanités individuelles. Je ne veux savoir des êtres que je rencontre ni l'âge, ni le métier, ni la situation familiale : j'ose prétendre que tout cela m'est clair à la seule manière dont ils ont ôté leur manteau. Ce que je veux savoir, c'est de quelle façon ils ont survécu au désespoir d'être séparés de l'Un par leur naissance, de quelle façon ils comblent le vide entre les grands rendez-vous de l'enfance, de la vieillesse et de la mort, et comment ils supportent de n'être pas tout sur cette terre. Je ne veux pas les entendre parler de cette part convenue de la réalité, toujours la même, le petit monde interlope et maffieux : ce qu'une époque fait miroiter du ciel dans la flaque graisseuse de ses conventions ! Je veux savoir ce qu'ils perçoivent de l'immensité qui bruit autour d'eux. Et j'ai souvent peur du refus féroce qui règne aujourd'hui, à sortir du périmètre assigné, à honorer l'immensité du monde créé. Mais ce dont j'ai plus peur encore, c'est de ne pas assez aimer, de ne pas assez contaminer de ma passion de vivre ceux que je rencontre.

Vous le savez tout comme moi : ce qui reste d'une existence, ce sont ces moments absents de tout curriculum vitae et qui vivent de leur vie propre ; ces percées de présence sous l'enveloppe factice des biographies.

Une odeur

un appel

un regard

et voilà les malles, les valises, les ballots solidement arrimés dans les soutes qui se mettent en mouvement, s'arrachent aux courroies et aux cordages et vont faire chavirer le navire de notre raison quotidienne !

Non qu'à ces moments-là nous devenions fous.

Loin de là.

Un instant, à l'enfermement, à l'odeur confinée du fond de navire a succédé le vent du large. L'illimité pour lequel nous sommes nés se révèle.

De même que les poumons lors du premier inspir se remplissent brusquement d'air et arrachent au nouveau-né un cri, les bannières de mémoire soudain lâchées dans le vent se déploient et claquent. Le souvenir de sa royauté atteint l'esclave au fond des cales. La conscience passe en un instant de ce qu'on appelle pour un navire les « œuvres mortes », confinées sous la ligne de flottaison, aux

« œuvres vives » que baignent les embruns et la lumière.

Nos longues conversations ont porté fruit. J'ai la nostalgie de les poursuivre un jour !

Votre Livia.

Première nuit

Dans la dernière nuit qui précéda sa mort, ma mère ouvrit les yeux et me dit : « Ton père n'est pas ton vrai père. Tu as le droit de le savoir. »

Je la regardai avec tendresse. Sur sa tempe battait une veine tortueuse et bleue.

— Mummy, voilà plus de cinquante ans que je le sais. Depuis cette nuit de novembre 1944 à Berlin avec vous sous les bombes.

Elle a paru interloquée, s'est redressée dans ses oreillers.

— Ah mais alors pourquoi ne pas me l'avoir dit plus tôt ?

Le retournement de la question était si inattendu qu'il créa comme un puissant appel d'air ; une lourde chape de mémoire qui m'avait écrasée si longtemps fut soulevée comme un voilage ! Je ne pus m'empêcher de sourire.

– Sans doute l'occasion ne s'est-elle pas présentée. Vous aviez toujours beaucoup à faire.

Elle eut aussi un sourire ; hésitant, désarmant.

– La vie est allée si vite.

Un instant l'indicible grâce d'autrefois descendit sur son visage, l'illumina. Et j'entendis craquer le silence. Une sensation oubliée depuis l'époque où son entrée dans le hall de l'hôtel Eden à Berlin suspendait net le brouhaha des voix.

Sa beauté m'angoissait alors et me fascinait. Je l'aurais préférée voilée. Je pressentais que le salut eût été de passer inaperçue mais je n'ignorais pas non plus que cette beauté servait de talisman là où nous allions, fêlant l'immonde remblai de guerre qui séparait les hommes de leur faculté d'aimer.

Elle me regardait paisiblement.

Jamais je n'avais croisé dans son regard pareille liberté, ni ce zeste de malice.

– On court toute une vie comme si on était pourchassé.

Aussi longtemps qu'il m'en souvienne, elle avait toujours dit « on » au lieu de « je ».

– Et quand à cause d'un obstacle on doit soudain s'arrêter, c'est pour constater que la meute qu'on croyait à nos trousses ne nous rejoint pas et ne nous déchire pas ! On pourrait enfin respirer. Eh bien non ! On nous annonce que le cœur est en train de lâcher et qu'il faut mourir.

– Cette meute, c'est quoi ?

Elle plissa le front, eut l'air fâché.

– Oh, tout ce qu'on se reproche à soi-même, je pense, les préceptes, la morale...

Une hésitation.

– Je...

L'utilisation de ce pronom inhabituel lui coûta un effort. Elle resta longuement en apnée avant de murmurer :

– Je comprends trop tard qu'il n'y avait rien à craindre.

– Pourquoi trop tard ? Ne sommes-nous pas vivantes vous et moi ce soir ? Vivantes comme jamais !

Elle leva vers moi des yeux dont l'éclat la transfigurait.

Des mots vinrent tout seuls, que je prononçai comme si quelqu'un d'autre s'était mis à parler du fond de moi :

– Cette jeune femme qui avec son enfant

traverse l'Europe à feu et à sang, en enjambant les morts pour voir une dernière fois, avant qu'on ne le lui fusille, l'homme qu'elle a aimé à dix-huit ans, cette femme-là est bien ma mère ! Je n'en veux point d'autre.

Elle commença de me contempler non comme une personne qui se fût tenue là dans la pièce mais comme la coulée d'un fleuve. La longue enfilade des âges successifs, le flux de toutes les métamorphoses, de l'enfant qu'elle avait portée au tout début jusqu'à la femme vieillissante qui se tenait devant elle. Un moment, tout d'elle et de moi fut à la fois dans la chambre. Tout.

Je ne sais combien de temps cela dura. Elle s'inclina pour finir avec une lenteur solennelle comme pour une salutation. Le dernier des visages du cortège venait de passer. Elle prenait congé.

De cet instant, elle cessa de parler.

Sa tête glissa sur le côté comme un calice que la tige ne retient plus. Elle continuait de respirer. Je restai auprès d'elle en silence, et de son corps au mien, comme d'une berge à l'autre, pulsait, pacifiée, la mémoire.

Longtemps je suis restée assise au pied de son lit, le corps visité de sensations oubliées, comme ballottée par la houle des jours anciens.

J'ai sept ans et je ne sais qu'une chose : il me faut à tout prix la protéger, ma mère, l'isoler par une fine pellicule d'amour invisible à tous, de cette substance corrodante qu'on appelle guerre et qui décompose les êtres. Je sais que ce qui est redoutable n'est pas de mourir. J'ai tant vu de morts sur les routes, les cheveux dérangés, le visage tourné vers la terre ou alors vers le ciel qu'ils reflètent, éteint, de leurs yeux restés ouverts. J'en ai tant vu de ces brûlés, de ces déchiquetés dont je ne détourne pas le regard, même quand la main glacée d'un adulte couvre vite mes yeux. J'ai le temps de les saluer doucement. Ils ne me font ni peur ni horreur. Je suis heureuse pour eux que leur souffrance ait cessé, qu'ils aient franchi sains et saufs, oui sains et saufs, le dernier péage. Cette mort-là n'est pas méchante. La pire c'est celle qui se love dans les yeux des vivants, de ceux qui n'ont plus d'espoir, seulement de la peur, de la haine ou de l'apathie – celle-là est terrible –, elle coupe les jambes, elle vide d'un seul coup l'univers dans une aspiration brusque de siphon. Aussi ne reste-t-il qu'une chose à faire au milieu de tout ça : garder des yeux vivants et bercer le monde entier en secret. Se tenir en un lieu où la guerre n'entrera pas en moi (et cela, même si je dois mourir), tel un essieu vibrant, crissant mais immobile entre les roues emballées.

Oui, il ne me reste qu'à protéger les adultes de toutes mes forces, qu'à prendre soin d'eux, de leur désespoir sec et sans mot, de leur aveuglement buté.

Ne sont-ils pas semblables aux oiseaux qui entrent imprudemment par les baies vitrées quand Mia les entrouvre chez nous en été et qui s'égarent à tire-d'aile dans l'enfilade des couloirs et des galeries lambrissées, se cognent aux miroirs vénitiens qu'ils croient des fenêtres et demeurent au sol étourdis par le choc, assommés par leur propre panique ? Les apaiser, les guider vers la sortie avant qu'il ne soit trop tard, m'est une chorégraphie familière. J'en use de même pour les grandes personnes.

Quand Joseph le menuisier attitré de mon grand-père et Willy son apprenti ont été enrôlés, au matin même de leur départ j'étais dans l'entrée, mon jeu de cartes dans une main que je balançais sous leur nez. Sur l'escalier nous

avons joué notre dernière partie de canasta, et
j'ai veillé à ne pas gagner. Je sais qu'ils ne
reviendront plus. Je bats les cartes avec
vigueur. Je veille sur la donne, je cherche le
regard de l'un puis de l'autre pour leur lâcher
aux yeux des salves d'espérance. Ils disent
« beuh... beuh... dans un mois on a écrasé les
bolcheviques et on est de retour ». Je dis « oui,
oui ». Je les berce au cœur. Je les berce. Il est
trop tard. S'ils disent des bêtises, c'est qu'ils
ne savent rien de la vie. Ils attendent des
cafards alors que ce sont des hommes qu'ils
vont rencontrer, des hommes comme eux,
aussi démunis, aussi gourds. Je verse en cati-
mini des gouttes d'éternité dans la potion
amère de leurs jours. Je les tiens à bout de bras
au-dessus du gouffre qu'ils contribuent à créer
par leurs mots. Je les accompagne jusqu'au
coin de la rue. Je leur envoie une escorte
d'anges. Mais les anges ne peuvent rien pour
eux parce qu'ils ont pensé « cafards » en par-
lant d'autres hommes, ils ne peuvent, comme
moi-même, que les suivre à distance de leurs
yeux remplis de larmes.

Quand je suis très désemparée, je descends
aux écuries.

Tous les chevaux ont été réquisitionnés

depuis longtemps. Ne reste sous la voûte chau-
lée d'une stalle que le vieux Siegfried perclus
de rhumatismes et blessé à la hanche comme
Jacob après son empoignade avec l'ange. C'est
mon maître. Chaque jour j'apprends de lui la
suite. « De toute façon, me dit-il en s'ébrouant,
il n'y a rien à faire. Et c'est bien là le plus
difficile : surtout ne pas succomber à la tenta-
tion de croire qu'il puisse y avoir quelque
chose à faire. Car c'est cette agitation même
qui alimente le moulin de la guerre, chacun y
apporte son grain d'anxiété, son blé de que-
relle et de dissension à moudre, alors qu'il ne
faut surtout rien y ajouter. Il faut être là, c'est
tout. Etre là et respirer en toute conscience,
voilà. Sentir la litière sous les sabots, sentir le
sol sous les pieds (moi Siegfried, toi Livia) et
dire "me voilà" quand quelqu'un a besoin
d'une partie de canasta, d'un regard qui lui
dise "je t'ai vu !" d'une main sur son genou.
Voilà, c'est tout. »

Je passe aussi des heures assise dans
l'embrasure de ma fenêtre. Un drapeau dont
le vent balance dans ma direction ses franges,
ses glands et ses cordelières est fixé à la hampe
qui portait autrefois le drapeau impérial. Une
croix gammée le défigure. Mon grand-père l'a

fait ôter deux fois, mais depuis la menace suave du Blockwart de quartier : « Monsieur le Baron va s'attirer de graves ennuis », on essaie de ne plus le voir. Néanmoins quand les oiseaux qui nichent dans le marronnier voisin se perchent sur le digon, je les houspille ; quand ils salissent de fiente l'étoffe, je les complimente. Je n'ai que des mésanges, des corneilles, des bouviers à qui parler. Mon cousin Paolo Boronini, lui, a un aigle, ou plutôt avait un aigle car l'aigle est mort. C'est un hôte remonté par la Carinthie jusqu'à Vienne qui en a apporté la nouvelle hier au dîner. Depuis longtemps Paolo et son aigle formaient une paire légendaire. Des chasseurs de chamois le lui ont ramené autrefois d'une équipée hardie dans les falaises voisines, encore couvert de duvet, contraints qu'ils avaient été d'abattre le mâle et la femelle, âpres à défendre leur petit et leur rocher. Il l'éleva avec amour. L'aigle en grandissant avait repris son espace mais n'avait jamais cessé de passer sa nuit dans les grandes tours de ce château de famille en Slovénie, faisant fi de ses falaises d'origine. Son jeune maître lui restait au cœur. Et chaque matin quand Paolo ouvrait dans l'aile sud la fenêtre de sa chambre, une cigarette à la bouche, c'était un jeu entre eux, l'aigle descendait en piqué et la cueillait entre ses lèvres. Une manière intempestive et grandiose de s'embrasser sur la bouche ! Lors des restrictions sévères de la guerre, Paolo a écrit directement à Goering pour lui demander que lui soit accordé un supplément de deux kilos de chair fraîche par jour pour son aigle. L'idée était saugrenue, elle dut plaire, sa demande fut agréée. Cela, nous le savions. Mais voilà qu'avant-hier, lors d'une descente de partisans dans les villages voisins, les hommes ne trouvèrent au château que le jeune homme. Sans doute l'ont-ils rudoyé car soudain par la fenêtre ouverte l'aigle a fondu au secours de son ami. Les hommes affolés l'ont transpercé de leurs baïonnettes entrecroisées avant de prendre la fuite.

Et, étrangement, de toutes les nouvelles tragiques qui parviennent jour après jour, apportées presque quotidiennement de Silésie, de Bohême, de Transylvanie et d'ailleurs par les amis et alliés sur les routes de l'exil, cette nouvelle-là me reste au cœur comme une écharde et purule.

Les drames ne se comptent pas seulement au poids du sang qu'ils font couler. Il existe des points de jonction subtils qui, lorsqu'ils sont atteints, déstabilisent tout un éther. Cela est impossible à éclairer dans l'ordre de la logique. Ne le perçoivent que ceux qui ont au corps une sorte de sismographe qui donne l'alarme en silence. La manière dont le monde tient ensemble, dont la terre et le ciel sont à l'horizon cousus ensemble bord à bord, comme sous les doigts du cordonnier la semelle et le cuir d'un soulier, cette manière-là est énigme. Le secret de Dieu. Parfois une action autrement concentrée et dramatique ne produit aucun effet profond, n'ébranle pas la création. La véritable corrélation entre les choses, les mystérieuses serrures où tournent d'invisibles clés, tout cela est inaccessible à la compréhension. Les murs de Jéricho s'écroulent, non sous l'assaut de mille guerriers téméraires, mais lézardés, fêlés, réduits en poussière par le son d'un seul flûtiau ! Quelque chose d'immense et de rare comme l'amour d'un aigle pour un homme – la jonction de deux mondes séparés – ne peut être brisé sans causer un remous jusqu'aux confins de la création.

Ma mère s'agite un moment et gémit en rêve. Je me penche vers elle :

– Voudriez-vous boire, Mummy ? Ou aimeriez-vous que je redresse votre oreiller ?

Pas de réponse.

Dans l'arc de ses sourcils s'est prise une perplexité – l'esquisse d'un accent circonflexe – mais le reste du visage est serein.

Je me rassois.

Passer à travers le plancher et se retrouver un étage plus bas dans un espace intact, voilà qui m'est arrivé plusieurs fois dans la vie. Et chaque fois dans des circonstances semblables ; je relie ces expériences à la présence de la Mort dans la chambre ; c'est elle qui a la clé de ces espaces où tout reste conservé dans un état inaltéré, à l'abri de toute effraction intentionnée. On s'y trouve précipité, voilà tout. Dans un déploiement inouï de sensations !

Berlin, novembre 1944.

L'odeur de poussière et de plâtre, de charbon et de brûlé qui flotte sur la ville. L'âcre relent des bombes au phosphore... Je me surprends à rouvrir les yeux pour vérifier si quelque fiole médicamenteuse n'a pas été renversée dans la pièce et les referme aussitôt. Il n'y

a rien dehors. Cette réalité est en moi, aussi
tangible et perceptible par les sens que la
chambre de ma mère mourante. Je vois passer
des visages en accéléré, des visages de la rue,
effarés, gris de cendres et parfois ravinés de
larmes où le blanc de l'œil apparaît rouge, des
faciès parfois burlesques comme ceux de femmes à la tête enveloppée de serviettes tordues
et mouillées dont elles se protègent contre le
danger du feu ; ou encore des gestes incohé-
rents et fous comme ceux d'une vieille juchée
sur les ruines de sa maison qui ramasse une
pierre après l'autre, la polit soigneusement
à sa manche et la laisse retomber au sol ;
mais aussi des mouvements simples, réguliers,
comme hors du temps, étrangement silencieux, de ceux qui pellettent les débris, écartent les épaves ou pompent de l'air dans les
décombres, signe que des gens vivent encore
dessous. Je vois, tirés des gravats, les cadavres
de la nuit soigneusement alignés au bord de la
rue, comme le font de leur prise les pêcheurs
nocturnes sur un quai d'embarquement. Certains sont déjà couverts d'une bâche. Un pied
dépasse, une main, un bras. Un ours en pelu-
che sans tête. Je lis d'innombrables inscrip-
tions à la craie sur les pans des murs noircis.

Je m'efforce de les décrypter à voix haute (mon apprentissage de la lecture est neuf), pour qu'ils aient une chance de plus de parvenir à leur destinataire : « Madame B, où êtes-vous ? Je vous cherche partout », ou « Mon ange, où restes-tu ? Ton Fritz pour toujours ! », ou encore « Dans cette cour, tout le monde a survécu, nous avons trouvé refuge au 3 de la rue X ».

Sur la Potsdamer Platz tout est saccagé ; seul l'hôtel Esplanade, sans fenêtres, est encore debout. Ma mère fait arrêter la voiture pour y laisser un message. Deux grooms empressés lui ouvrent la porte dont ne subsiste, à part le châssis, qu'une énorme clenche de bronze doré.

Nous traversons un square immense empli de carcasses de bus et de trams.

Certaines rues sont bordées de ruines. Ci et là une façade dressée comme un chicot, un pan de mur couvert d'une tapisserie coquette où se découpe le rectangle d'un tableau. Soudain un îlot intact avec ses arbres et ses ifs bien taillés. Pas une seule maison dans la Landgrafenstrasse ni dans la Kurfürstenstrasse. Dans chaque hôtel particulier habitaient des amis. La demeure d'une tante : un tas de pierres. Le

petit restaurant Taverna au coin de la Mettel-
beckstrasse où nous devions dîner un soir : pulvérisé. Ces indications, ma mère les donne d'une voix blanche avant de replonger le nez dans le renard argenté de son manchon. L'air est par moments irrespirable. Les réserves de charbon, déversées quelque temps auparavant dans les cours, brûlent. Des gens s'arrêtent là pour se chauffer les mains.

Dans ce qui reste du ministère des Affaires étrangères – une énorme taupinière fumante – des légions d'officiers dans leur uniforme gris déterrent à quatre pattes des paquets d'archives. Mêmes acrobaties plus loin, avec la seule différence que les officiers sont cette fois vêtus de bleu – au ministère de la Marine. Images indélébiles dont je peux décrire chaque détail. Notre chauffeur nous fait descendre avant le Tiergarten et traîne nos bagages à travers la boue et les cendres du parc. D'immenses arbres couchés et déchiquetés, un champ de bataille. « Où sont les rhododendrons ? Les rhododendrons fameux ? » demande ma mère d'une voix plaintive. D'un geste évasif du menton, l'homme désigne un océan de ruines. « Et les animaux ? les animaux ? Et l'aquarium ? » « Détruits. Toutes les bêtes sauvages ont été abattues ce matin. Les cages étaient endommagées. Et les crocodiles ont été rattrapés à temps alors qu'ils allaient plonger dans la Spree. » Il nous donne toutes ces informations d'une voix morne comme si tout cela avait lieu dans un monde où il n'a pas ses entrées.

Devant nous, l'hôtel Eden. Les murs sont debout. Il n'y a plus de vitres aux fenêtres. Les employés s'affairent, clouent des tapis ou coincent des matelas dans les embrasures pour contenir le froid et la fumée. Des courtines de velours cramoisi, soufflées par les déflagrations, se balancent devant le péristyle dans les branches des marronniers. Nous entrons. Une animation bruyante règne autour de la réception et du foyer comme si la vie habituelle et ses formes élégantes avaient trouvé là un dernier havre. Je suis de mon mieux le sillage de ma mère au milieu de l'effervescence qui nous entoure, enjambant les malles et les boîtes à chapeau. Quand tous les regards se posent sur elle, j'ai la sensation de la perdre. Elle avance « rassemblée », comme on le dit d'un pur-sang, prise tout entière dans sa peau et son tailleur de tweed taupe, cintré sans rémission. Sa cape de voyage à son bras frôle le sol. Sur le front et le nez une impalpable résille de voilette la rend plus inapprochable que sous une armure. Ethérée et déchirante, la beauté même. Et mortelle.

Ma tante Liliane et quelques amis dont les visages me sont connus nous attendent au bar et lèvent les bras au ciel :

– Alia folle ! Folle ! Tu n'aurais guère pu mieux choisir la date de ta venue !

On m'aperçoit, on me tâte, on m'embrasse.

– Ah, n'ôte surtout pas ton manteau. A Berlin ces jours-ci, ou on gèle ou on brûle !

Cette allusion aux bombes au phosphore déplaît. On entend des « chut ! » fâchés.

Je reconnais Andropov, le prince géorgien, ami de mon père dont chaque apparition chez nous engendrait la bonne humeur. Une toque de fourrure sur les yeux, les longs pans de son châle flottent dans son dos. Il joue du Liszt en l'honneur de ma mère sur le Steinway couvert d'éclats de verre et de gravats ; des frémissements parcourent tout son corps ; tantôt son nez est sur les touches, tantôt son visage extasié, renversé vers le ciel.

– Alia, la plus belle des femmes ! Vous a-t-on dit que je ne possède plus un rouble, que je suis un homme libre – le meilleur parti

d'Europe ! Après les terres, voilà l'entière col-
lection de tableaux de mon père et les bijoux
de ma mère disparus cette nuit dans l'incendie
de l'ambassade suédoise où j'étais logé ! Mais
songez à l'imbécillité de déplorer la perte des
cheveux quand on vous a coupé la tête !

Enterré toute la nuit dans la cave et délivré
au matin, il s'est fait un ami qu'il nous présente, un champion de tennis suédois visiblement grelottant et encore choqué ; puis il va
chercher d'une main, dans une caisse sous son
tabouret, des huîtres qu'il rince au brandy et
qu'il nous offre.

Dans un éclat de miroir ramassé devant le
bar, ma tante Liliane vérifie l'inclinaison du
chapeau qu'elle vient de tirer d'une boîte et
de placer sur sa tête.

– Quelqu'un veut entendre une histoire
vraie ?

– Seulement si en plus d'être vraie, elle est
plaisante ! s'est écrié Andropov.

– Eh bien écoutez ! Voilà deux semaines j'ai
admiré cet exemplaire chez une modiste sans
parvenir à me décider à l'acquérir pour des
raisons bien évidentes... Aujourd'hui à la
recherche de ma bicyclette perdue, je traverse
le quartier à pied et quelle n'est pas ma sur-

prise dans l'océan de ruines qui m'entoure de voir se dresser un seul pâté de maisons – je vous le jure, c'est la vérité –, celle de l'échoppe de ma modiste. Je me crois hallucinée, je m'arrête devant la vitrine, j'hésite, la vieille dame qui m'a reconnue derrière la vitrine sort dignement : « *Durchlaucht können anprobieren*[1]. » « Eh bien le voilà ! ! ! »

Murmure amusé et stupéfaction – le chapeau passe de main en main – la voix de stentor d'Andropov ; « Acheter un chapeau à la barbe de la guerre, c'est aussi grand qu'absurde, chère Liliane. Cette nuit sous les bombes, enterré vivant dans notre abri, c'est aussi la vue d'une femme qui se poudrait le nez qui m'a rendu la vie. »

De la poche de Gottfried von B. qui reste silencieux et à l'écart, dépasse sur un livre écorné un nom étrange que je déchiffre pour la première fois : Schopenhauer.

C'est avec ce cousin taciturne que ma mère s'est écartée de notre groupe pour un long aparté à voix basse. Je me rapproche. Elle s'enquiert du sort d'amis, d'alliés, de parents. Je vois son visage changer de couleur, se figer,

---

1. « Votre Excellence peut essayer. »

les coins de sa bouche trembler, et ses doigts se serrer convulsivement sur le bras de son interlocuteur[1]. Des noms me sont restés parce qu'à la manière dont je les ai entendu murmurer tout bas, je percevais qu'il ne fallait pas les oublier. Adam von Trott, Erwin von Witzleben, Hans Bernd von Haeften, Hennig von Treschkov, l'ambassadeur von Hassel, le comte Helldorf, le général Ludwig Beck ! Me voilà égrenant des patronymes entendus soixante ans plus tôt – ou maintes fois plus tard ? Tous ces êtres dont aucun ne vaque plus sur terre sont soudain autour de moi comme une volée de passereaux. De même que sur une terrasse de café, lorsqu'on commence pour un seul visiteur ailé d'émietter un biscuit et qu'on se trouve en un instant assailli par toute une nuée tourbillonnante, ces âmes que

---

1. Plus tard, je saurai qu'il s'agissait d'amis entraînés dans la chute de Stauffenberg après l'attentat manqué contre Hitler quatre mois plus tôt et sauvagement exécutés avec leurs proches selon la sinistre *Sippenhaft* introduite par Himmler : une incroyable opportunité saisie par le régime nazi pour se débarrasser de tous ceux qu'il redoutait et de ceux aussi qui n'étaient plus qu'à demi-cœur dans l'aventure et dont les yeux s'étaient ouverts.

l'intensité de la mémoire a fait surgir accou-
rent nombreuses, autour du lit où se meurt
l'une des dernières femmes peut-être qui ait
connu le son de leur voix.

Elle dort. Dort-elle ? Et de quel sommeil ?
Tout d'elle s'est rétracté vers l'intérieur, retiré
vers un invisible où je n'ai plus accès.
N'appelle-t-on pas aussi « morte-eau » l'époque où la mer respire à peine ? Son visage
grave de ce soir, la vieillesse l'a creusé, l'a
rendu plus précis, plus proche de l'os mais
sans l'enlaidir. Pur et dépouillé comme un dessin au lavis. Après tant de séduction exercée,
volontaire ou involontaire, la voilà délivrée du
fardeau de la splendeur !

Je retarde en la contemplant l'instant de
pousser une porte de plus dans ma mémoire.

Une porte déjà entrouverte...

Ce même soir nous nous rendons au quartier
général de la Gestapo dans la Prinz-Albert-
strasse. Je reste dehors sous l'auvent – ça sent
la mort. Liliane et ma mère réapparaissent,
munies d'un laissez-passer pour la prison de
Moabit.

J'entends Liliane murmurer :

– C'est ici qu'ont lieu les interrogatoires. On y torture.

A la recherche d'une voiture – il y a plus de deux kilomètres jusqu'à la Lehrerstrasse – nous faisons une halte à l'église russe en bordure de ce qui était voilà encore quelques jours le Jardin zoologique. A peine la messe a-t-elle commencé que les sirènes se mettent à hurler. Des regards s'échangent dans l'assemblée mais personne ne bouge. Beaucoup protègent leur visage de leurs mains et le chœur continue de chanter. Les forteresses volantes américaines font un fracas plus terrible en survolant qu'en déversant leurs bombes. Même la tête rentrée dans les épaules et les poings dans les oreilles, on est comme sous un pont quand passe à tombeau ouvert le train express. Une vague après l'autre. Le chœur a fini par s'arrêter, mais c'est la congrégation qui poursuit et clame des psaumes dans le tintamarre qui nous entoure. Une nonne voit ma mère prête à défaillir, lui soutient la taille et lui murmure : « Ne craignez rien, nous sommes dans une église. » Liliane, caustique, énumère tout haut les églises bombardées dans le voisinage ces derniers jours. Ma mère lui met vivement la main sur la bouche et son indignation envers

sa cousine fait réaffluer le sang sur son visage
blême. Avant la fin de la messe, les bombar-
diers se sont éloignés – les vagues ont cessé –
tout le monde a cent ans. Courage, lâcheté,
foi, effroi, panique et soulagement nous ont
fait traverser en quelques minutes ce qu'une
vie normale met un siècle à parcourir. En nous
extrayant de notre banc, nous dérangeons un
vieil homme secoué de sanglots, le front sur
le tapis.

Longtemps dans le froid humide, piétinant
dans nos bottines et ravivées par les seules
impertinences de Liliane, nous tentons de
héler les voitures qui passent. L'une finit par
s'arrêter comme le commande la loi d'exception pour l'aide aux *Bombengeschädigte*[1] et
nous y plongeons tête en avant. Une femme
encore jeune, hirsute et barbouillée de cendres,
y est déjà installée entre ses ballots – elle se
rend à la gare de Potsdam – par chance dans
notre direction. Sur ses genoux une boîte à
chaussures entourée d'un grand ruban rose
coquettement noué en chou sur le dessus.

– Savez-vous ce qu'il y a dans ma boîte ?

---

1. Victimes de bombardements.

Nous frissonnons avant même de l'entendre.

– C'est mon trésor !

Elle tire sur un bout du ruban et soulève le couvercle – des restes calcinés.

– C'est ma fille, ma fille ! Les bombes au phosphore !

Elle ne tarde pas à descendre, à extraire un à un ses ballots débordant de vêtements d'enfant à smocks et à dentelles.

– Adieu ! Adieu !

Quelques rues plus loin, nous sommes à destination. Liliane nous attendra devant les portes de fer.

Je ne sais pas ce que nous venons faire ici. Je ne m'interroge même pas. Je suis là, c'est tout. Pour ma mère. Je n'ai ni soif, ni peur, ni froid. Tout de moi est tendu vers elle, vers sa fragilité, vers sa sublimité au sens clinique du mot, sa tendance naturelle à passer de l'état solide à l'état de vapeur et d'irréalité. Je la retiens. J'ai charge d'âme. Une tête de gardien, une autre, une autre encore puis toute une grappe est apparue derrière les grilles des guichets. Des visages arrachés à leur univers mortifère, à leur torpeur, et rendus un instant, par la beauté de ma mère, à l'érectile curiosité de leur jeunesse.

Un soldat nous escorte de ses bottes qui craquent et nous introduit dans une vaste pièce maussade où nous attendons seules un long moment. Des ampoules nues l'éclairent. Leur filament est si brillant qu'il s'inscrit dans la rétine et se réimprime sur le mur vide, sur le plafond et partout où se promène le regard.

La porte s'ouvre.

Entre deux géants sans visage, casqués qu'ils sont jusqu'aux yeux et le menton sanglé, apparaît un homme d'une transparence diaphane, glabre et beau comme un supplicié. Quand les deux gardiens lâchent ses épaules et reculent au fond de la pièce, il inspire profondément. Puis il avance vers ma mère. Tous deux sont blancs comme la mort. Ils se rejoignent dans un sanglot sec et convulsif.

Aussitôt une voix rauque jappe, les informe que s'ils n'ont rien à se dire, la visite s'arrête là.

Ils se ravivent, respirent bruyamment comme des noyés.

Ma mère me pousse alors doucement et fermement vers lui. « C'est elle. C'est Livia. »

Il descend sur ses genoux avec lenteur et

nous nous retrouvons à la même hauteur. Un visage reflète l'autre. Je souris, j'esquisse une révérence. Il me retient, embrasse longuement mes mains qu'il tient jointes entre les siennes. La fièvre de ses lèvres est sur mes doigts. Comme aujourd'hui.

Après un frisson qui le parcourt entier, il se redresse et ses genoux tremblent. Je reste seule. Il rejoint ma mère.

– Comment te sens-tu, Friedrich ?

Ils échangent des paroles, se cherchent sans plus se trouver, se blessent à leurs propres mots comme cela arrive toujours quand le temps aiguise ses couteaux.

– Tu me demandes cela sérieusement ?

– Oui, Friedrich.

– N'entends-tu pas ma vie se vider ? Comme un sablier dont les grains ruissellent de plus en plus vite à l'approche de la fin.

– Ne parle pas ainsi, Friedrich. – Elle murmure en français : Tu peux encore être sauvé !

– Alia, ne me prodigue pas de consolations, elles ne font que me blesser. Même si je ne devais pas être exécuté, cela ne signifierait pas que je sois sauvé ! Ils font feu de tout bois, les enfants de quatorze ans, les estropiés et les presque vieillards sont envoyés sur le front. Tu te souviens du passage de la Bible : « Ils enviaient les morts déjà morts. » Voilà où j'en suis. La terre des hommes est descendue d'un cran : elle occupe l'enfer.

Un garde-chiourme a fait claquer ses bottes avec un *Schluss* impératif.

– Un moment encore, je vous prie ! s'écrie ma mère.

Sa détermination est si forte que l'homme a reculé vers le mur. Pendant tout le temps où ma mère et Friedrich ont parlé, j'ai regardé obstinément le sol et je n'ai respiré qu'à peine. L'amertume qui coulait des mots, leur impuissance à dire, leur souffrance me brûlaient les poumons.

Là je lève les yeux, je me redresse de tout mon être – et nous nous tenons ensemble brusquement, dans un instant sans fin. Friedrich regarde ma mère puis me regarde. Et ce regard en nous enrobant modifie la chimie de nos corps. Goulûment, de chacune de mes cellules, j'absorbe ce qui émane de ses yeux.

Le mot qui exprime le moins mal cette qualité inconnue dans laquelle nous baignons est aujourd'hui sur ma langue, un mot que je n'ai peut-être jamais utilisé en conscience jusqu'alors : miséricorde.

Miséricorde.

Le regard de Friedrich appelle sur nous la miséricorde, l'implore et en rayonne mystérieusement. Un espace. Un temps hors du temps. Un temps auquel je n'ai plus eu accès depuis et qui maintenant m'est rendu. Une fois a suffi.

Nous nous tenons là tous les trois.

Dans la rémission de tous les actes passés et à venir. Dispensés de tous les malentendus que la vie naturellement exsude et dont personne n'est à l'abri. Absous avant même que l'égarement, la lassitude, la séparation n'aient eu lieu, avant même les blessures que ceux qui s'aiment ne manquent jamais de se donner. Dispensés, oui, du grand détour par l'existence. Avant même d'avoir commis ce qui exile et sépare, la rémission nous est accordée. Un état de conscience nous enveloppe qui ne se décrit pas.

Ç'aurait pu être tout.

Mais il y a eu encore le cri.

Le cri dont il appela nos deux noms à l'instant où les gardiens l'emmenaient.

– Alia ! Livia !

Son regard tourné vers nous, vrillé en nous.

– Alia ! Livia !

« Vis ! » disait ce cri à chacune de nous.
Quoi qu'il advienne, vis !

Que tu vives ou que tu meures, vis !

Ne tergiverse pas ! Vis ! Pour toi et pour
tous ceux qui n'ont pas été rassasiés de jours,
vis ! Au nom de Dieu et des hommes de bonne
et de mauvaise volonté, vis !

Tout avait place dans ce cri : la désespérance
la plus totale et l'espérance la plus indestruc-
tible.

Le monde s'était trouvé déchiré de haut en
bas dans ce cri. Et au même moment quelqu'un s'était mis à le recoudre.

La semence de cet appel a germé au cours
des années et scindé mon cœur en deux
comme ces pousses qui finissent par fissurer
l'asphalte. L'homme qui était mon père dans
la vie quotidienne, que j'appelais « père » et
que j'aimais profondément pour l'élégance de
son cœur et de tout son être, méritait ma gratitude. Nos destins étaient liés. Il était comme
moi un naufragé de ce grand navire de fasci-
nation qu'était ma mère. Comme moi il la
regardait s'éloigner. Aussi longtemps que nous
vivrions lui et moi, nous n'arriverions jamais

à la rejoindre. Nous resterions à contempler le sillage argenté qu'elle laissait derrière elle, paraphe insaisissable sur nos solitudes océaniques.

Ne me confia-t-il pas, quelques semaines avant sa mort, dans sa langue pleine de charme et d'humour : « Souvent je me suis demandé si cette femme que j'ai tant aimée, ta mère, ne m'avait pas été envoyée, par erreur d'aiguillage en somme, comme mère supérieure, guide spirituel, pour m'apprendre le détachement et le renoncement quand moi, fou que j'étais, je m'obstinais à vouloir vivre auprès d'elle l'attachement le plus total ! »

Cet homme, je l'appelle mon père et ma loyauté envers lui est totale. Pourtant je sais depuis la prison de Moabit, depuis le cri qui a rayé mon ciel, que ma chair et mon sang me viennent d'un autre.

Aussi ce soir, auprès de ma mère, je suis le lien vivant entre deux hommes. Ce que la vie n'a pas réuni se touche. Leurs seuls « liens du sang » à tous trois sont d'avoir été aimés par moi.

Je me penche vers elle, et voilà que coulent de ma bouche dans son oreille des mots que prononce une enfant d'autrefois :

– Toute une nuit je t'ai tenue entre mes
bras – Berlin, novembre 1944. Toute une longue nuit, tu n'as pas pu m'échapper ! C'est la
nuit où j'ai reposé à la dure sur la rocaille de
tes sanglots.

Vers trois heures du matin, je me suis levée.
Elle reposait paisiblement. Je suis sortie un
court moment dans le jardin, la nuit était noire.
Quand je suis revenue, elle avait cessé de respirer.

Deuxième nuit

J'ai tout appris de deux femmes. L'une, Frau Holle, était cuisinière chez nous et d'une éloquence hardie. L'autre, sa sœur Mia, diaphane et fragile se taisait, s'occupait du linge et avait le don des larmes.

Frau Holle et Mia accompagnèrent ma longue enfance qui, sans elles, eût été muette.

Quand venait le soir et que la maison retombait sur ses gonds comme une trappe refermée, la vraie vie commençait pour nous : celle que tissent les mots et les silences. Frau Holle commentait la journée et racontait des histoires. Je posais des questions, Mia écoutait en cousant.

Ses histoires étaient souvent sans fin et avaient l'avantage de pouvoir être égrenées indéfiniment comme un chapelet qu'on fait glisser entre ses doigts, sans crainte d'en perdre un grain.

Un voyageur venu de plus loin que la Transylvanie, homme de qualité, coiffé d'une toque de velours et noblement vêtu, s'égare dans la toundra et manque défaillir de faim et de soif. Enfin – ô grâce – il aperçoit une vaste maison de maître, entre deux bosquets de chêne-liège. Il y est accueilli par une servante qui le restaure et l'abreuve. Sa reconnaissance est grande. Il pose un ducat au pied du crucifix qui orne un coin de la salle. Il ne veut en aucun cas partir, dit-il, sans avoir rendu les honneurs au maître de céans.

La servante hésite.

Il insiste.

Elle finit par ouvrir la fenêtre et par appeler le garçonnet qui joue au cerceau devant la maison.

« Pourrais-tu mener ce noble visiteur vers ton père ? »

A cloche-pied, l'enfant l'entraîne dans le verger où un tout jeune homme est occupé à tailler des arbres.

« Je tenais, dit le voyageur, à vous remercier pour l'hospitalité qui m'a permis de raviver mes forces.

– Je ne suis pas le maître de maison mais

voyons si mon père est dans son cabinet de travail. »

Le jeune homme guide le voyageur jusqu'au bout d'un corridor vers une porte qu'il pousse prestement.

« Père, un voyageur de marque tient à vous parler. »

Un homme jeune et de belle prestance l'invite aussitôt à entrer d'un geste empreint d'aménité.

« Je n'ai pas voulu quitter cette maison hospitalière sans remercier le maître de céans.

– Je ne suis pas le maître de maison mais laissez-moi vous mener vers mon père que nous trouverons peut-être à cette heure dans son office. »

Il guide le voyageur à travers un dédale de couloirs et s'arrête devant une volée de marches.

« Veuillez prendre la peine... la première porte après l'escalier... frappez... entrez. »

Le voyageur avance dans une semi-pénombre, frappe et perçoit l'invitation de franchir le seuil que lui fait une voix grave et assurée.

Un homme mûr – ses binocles juste lâchés oscillent au bout de leur chaîne – lui demande l'objet de sa visite.

« J'ai reçu dans votre maison une hospitalité revigorante. J'ai tenu avant de poursuivre ma route à en exprimer ma gratitude au maître des lieux. »

L'homme hésite et s'incline.

« Je vais vous décevoir. Je ne suis pas le maître de maison mais si vous voulez bien me suivre un instant, je vous montrerai volontiers la bibliothèque où mon père compulse ses archives. »

Après avoir gravi un escalier raide à rampe de fer et aux marches de chêne usées par les pas, le voyageur se retrouve devant un chambranle sculpté où se dissimule une petite porte. Il frappe trois coups secs. Une voix enrouée l'invite à entrer.

Un vieil homme est assis dans un large fauteuil de cuir dont il s'extrait après quelque effort.

« Que puis-je pour vous ? murmure-t-il quand il est parvenu à se mettre debout.

– Pardonnez-moi de vous déranger dans votre retraite mais je n'ai pas voulu quitter cette maison sans avoir exprimé au maître de céans ma gratitude pour son hospitalité.

– Je vous demanderai encore un petit effort, un étage à redescendre, le couloir de gauche, la troisième porte ferronnée. Vous y trouverez mon père. »

Le voyageur s'engage, guidé par une forte odeur de tabac, et entrouvre précautionneuse- ment la porte. Un vieillard chenu, le menton baissé sur la poitrine, le regard perdu dans la contemplation d'une gravure, tire sur une pipe d'écume. Il ne perçoit la voix du visiteur qu'à la troisième salutation et lève la tête.

« Que puis-je pour vous ? marmonne-t-il d'une voix cassée mais courtoise.

– J'ai reçu dans votre maison une hospitalité que je n'oublierai pas, perdu que j'étais dans une région de moi inconnue. Je ne voulais pas partir sans m'être incliné devant le maître de maison.

– Je suis désolé de n'être pas en mesure de vous accompagner jusqu'aux appartements de mon père mais mes jambes ne me portent plus. Si vous voulez bien ouvrir la porte de fer au fond du couloir à droite, elle vous mènera par un long escalier au fond du caveau. »

Le voyageur referme doucement la porte, s'éloigne sur la pointe des pieds et se prend à courir en direction de la sortie. Parvenu sur le parvis, il est soulagé de retrouver son cheval, le sangle solidement et d'un seul bond se retrouve en selle. A peine le temps de battre des cils, il est déjà au triple galop. Il a compris.

Frau Holle entrecroise avec la maestria d'un escrimeur les six aiguilles à tricoter de ce qui sera bientôt une chaussette, elle se tait.

– Il a compris quoi, Frau Holle ? Et pourquoi n'est-il pas descendu tout en bas ? Pourquoi n'a-t-il pas persévéré ? Pourquoi ?

– Parce que la chaîne des vivants n'a pas de début et pas de fin, Livia.

– Mais Frau Holle, s'il était descendu, nous saurions ce qu'il y avait à voir. Tout est peut-être différent de ce que tu crois. C'est toi qui interromps l'histoire.

– Elle a bel et bien cessé où je m'arrête.

– Fais un effort, Frau Holle, ferme les yeux et va voir si on ne peut pas la poursuivre un brin de chemin.

– Non, dit-elle sèchement. Il faut savoir s'arrêter où le secret commence. Vois ce qui se passe quand on ne sait pas s'arrêter. Regarde-le, notre pauvre monde !

Quand elle commençait de toutes ses aiguilles à la fois à piquer avec hargne sa chaussette, il ne fallait plus insister.

Ce n'est que longtemps après qu'il arrivait qu'elle se rassérène et que coulent alors de sa bouche des choses belles et sibyllines, les réponses que j'avais espérées, des réponses plus hérissées de questions que mes questions mêmes.

– Le seul maître de maison c'est celui qui se souvient de la maison avant qu'elle ne soit bâtie. Celui qui s'est souvenu de toi, Livia, longtemps avant que tu ne sois née, longtemps avant que tes parents ne se rencontrent, celui-là est le maître de l'univers.

J'aimais le silence qui accompagne les mots quand ils ont frôlé de l'inconnu. Parfois y montait un soupir. Non pas plaintif ou résigné. Un de ces soupirs qui révèlent à l'intérieur de la poitrine l'existence d'un espace illimité. Et même si j'ai oublié la plupart des histoires qu'elle m'a contées, une émotion me reste de les avoir frôlées de près. aujourd'hui encore, quand j'en ai retrouvé un lambeau, il m'apparaît plus réel que le tumulte de la ville ou la lecture d'un journal quotidien. Une sensation semblable à celle qu'éprouve le nageur en sortant de l'eau. Il ruisselle un court instant de cet élément qu'il quitte et qu'il doit sécher sur sa peau avant de pénétrer l'autre monde étran-

ger et désespérément sec. Comment dépeindre
l'eau à celui qui n'y est pas entré ?

Cette nuit encore, sans crier gare, m'ont
visitée les « Quatre Vents ». Ces quatre frères
qui se partagent le ciel dans un conte qui relate
leurs prouesses et dont je ne sais plus rien.
Leur surgissement m'a jetée dans un émoi
oublié. Je retrouvai l'élan de leurs corps pro-
jetés en avant dans l'éther comme des craw-
leurs et portés par les courants sidéraux. Leurs
joues gonflées, leurs lèvres qui soufflent bourrasques et rafales, leurs épaules balayées d'une
crinière. Jeunesse immodérée, impatiente et
ardente des Fils du vent qui découvrent de la
peau sous toutes les étoffes...

Mis à part son talent de conteuse qui
l'emportait au-delà d'elle-même, Frau Holle
avait ses zones d'ombre comme tout un chacun. Elle observait depuis trop longtemps les
humains, disait-elle, pour pouvoir leur faire
confiance. Il n'y avait guère que les « petites
personnes » dont elle prît toujours la défense.

– Les adultes se méfient des enfants. S'ils
les tiennent aussi éloignés d'eux que possible,

c'est qu'ils sont les témoins gênants et incor-
ruptibles de leurs machinations.

Elle raisonnait par généralisation, assez
semblable en cela à la plupart des penseurs
d'Occident et aussi déterminée qu'eux à faire
entrer – comme du kapok dans un sac de jute –
le monde entier dans ses théories.

– Ne commence pas de vouloir plaire, me
lançait-elle en me voyant faire des grimaces
devant la glace (j'avais dix ans, douze ans ?).

– Mais tu vois bien, Frau Holle, que je fais
des grimaces !

– C'est toujours ainsi que tout commence :
d'abord des grimaces puis des minauderies...
Tu vas te perdre *dehors* ! – Puis reprenant son
souffle pour l'apostrophe finale : Prends garde
de ne pas finir comme eux tous (elle avançait
le menton avec dédain pour désigner l'humanité entière), noyée dans l'insignifiance et la
futilité !

Lorsque sa sœur allait trop loin à son goût,
Mia se mettait à piaffer devant sa table à repas-
ser et à entrechoquer les fers ; parfois même
elle délaissait un court instant son mutisme
pour prendre ma défense :

– Ah ! laisse donc Livia faire son chemin,

découvrir les choses par elle-même ! Les cailles ont beau cacaber, leurs petits les quittent !

Frau Holle jappait une injure et claquait intempestivement la porte.

Je ne lui en voulais pas. Je sentais la peine qu'elle ressentait de me voir grandir et la peur qu'elle avait de me perdre. Cela me touchait.

Etrangement, certains êtres n'ont pas le pouvoir de nous blesser. Leurs manies nous attendrissent, nous agacent un brin mais ne nous font pas souffrir. Nous n'avons pas de plaie à l'endroit où ils viennent frotter, pas de raison de bondir de douleur.

Ma plaie était d'une autre nature, et jamais Frau Holle ne l'effleura. Ma plaie me faisait souffrir le martyre. Souffrance vaine puisqu'elle finissait toujours par apparaître, celle que j'attendais. Ma mère.

J'ai compris depuis que ces sillons à vif étaient déjà tracés dans la mémoire de mon corps et que ma mère en avait tout juste ravivé la blessure avec la prescience pour l'emplacement des plaies cachées que n'ont que les êtres les plus proches et les plus aimés.

Frau Holle se gardait bien de dire des choses discourtoises sur ma mère. Elle savait que je ne le supportais pas, mais le langage de son corps ne se laissait pas juguler. J'en détournais les yeux. J'aimais ma mère passionnément et tout d'elle m'était histoire sainte , tant ses apparitions que ses éclipses. De plus, la coexistence de deux univers aussi opposés que celui de Frau Holle et celui de ma mère ne me plongeait aucunement dans la perplexité. Je ne croyais pas qu'il fallait choisir. Je les laissais onduler dans mon cœur comme des bannières de texture et de couleur différentes. Je n'ai jamais eu une pensée d'exclusion ni la croyance qu'une seule manière de vivre dût être la juste et triompher coûte que coûte de l'autre. Depuis toujours me frappait la variété des paysages qui couvrent la Terre. Je n'ai jamais aimé le ronron fallacieux et manichéen du « ou bien... ou bien » et lui préférais résolument « ou alors... ou encore... ou même... ». Et j'aimais, comme j'aime aujourd'hui, à laisser les choses, les personnes et les idées tanguer dans ma conscience dans un état de flottaison, sans avoir ni à juger, ni à classer, ni à exclure.

Tout cela ne faisait pas problème. Restait l'attente.

Je n'ai jamais compris pourquoi ma mère n'était pas en mesure d'indiquer à son entourage l'heure et la date de son retour. Elle sortait et voyageait beaucoup. Le lundi prévu pour son arrivée se transformait en mardi, en mercredi ou en jeudi. Même l'heure des repas lui était impossible à respecter. Sur le chauffe-plat, les volailles perdaient leur apprêt, les petits légumes leur mordant ; la glace aux marrons, son dessert préféré, se transformait doucement en une flaque immonde. Pour ce qui est de l'exactitude, rien n'eut raison d'elle, ni les remontrances, ni les larmes, ni l'indifférence feinte. Beaucoup plus tard, lorsqu'elle commença de vieillir, il y eut même un temps où elle redevint presque crédible dans ses promesses mais il n'y eut plus personne pour en prendre vraiment note. Tous les ressorts étaient irrémédiablement détendus et toute tentative de leur faire retrouver leur propriété élastique se révélait vaine. Elle avait trop tiré sur les cœurs.

En écrivant ces mots, je m'étonne de ce reste d'amertume qui vient d'affleurer. Il m'attendrit presque. Une sensation proche de celle qu'on éprouve lorsque, après la dilapidation d'un héritage, on tient soudain entre les doigts un peigne d'autrefois ou une broche ancienne qu'on avait crus depuis longtemps perdus.

La naïveté de ces reproches m'apparaît aujourd'hui. N'accomplissait-elle pas ce qu'elle avait à accomplir en nous faisant attendre ? En nous apprenant à attendre ? En nous apprenant à passer outre ? A dépasser l'espérance que le salut puisse être la venue et la possession de l'autre ? Ne nous avait-elle pas montré le chemin de vie en nous délivrant de l'obsession qu'elle nous causait à mon père et à moi et en dénouant les liens mêmes de notre duplicité ? Car, ce que nous attendions d'elle n'était pas, bien sûr, qu'elle revienne à l'heure dite mais qu'elle cesse à tout jamais de partir et, nous eût-elle accordé la réalisation de ce rêve, n'eût-elle pas fait de nous ce qu'il y a de plus redoutable, des geôliers ?

Mais pour celle que j'étais hier, Livia, dix ans, une souffrance flambe, que les mots n'apaisent pas : la plaie d'amour.

Ma mère part au bal.

Normalement le soir on se dévêt pour revêtir une chemise de nuit. Mais il y a des soirs comme celui-là où on se dévêt pour revêtir les glorieux habits de la nuit !

Ma mère part au bal.

Elle piétine d'impatience.

Elle irradie de cette beauté qu'ont les jardins juste à la lisière du crépuscule quand une dernière fois les couleurs s'exaltent, qu'un spasme est dans l'air et que la nature entre en apnée.

Elle doit partir, elle ne vient que m'embrasser. Non, elle ne peut pas m'écouter pour l'instant, elle m'écoutera demain. Son pied s'impatiente, l'impatience d'être enfin vue, de faire une entrée triomphale ! Elle piaffe, elle est sublime. Si seulement je pouvais la laisser partir !

— Vous viendrez m'embrasser à votre retour ?

— Mais oui...

— Vous me réveillerez pour m'embrasser ? Promis ?

Elle fait la moue, prudente.

— Si tu dors vraiment bien, je t'embrasserai tout endormie.

Si je pouvais la laisser partir... mais je crie : « Non, surtout pas ! Ne faites pas ça ! Réveillez-moi ! C'est promis ? »

Elle est partie. La chambre met longtemps à s'apaiser de toute cette faille remuée. Mes joues brûlent. Reviendra-t-elle ? Et quand ?

« Si tu dors vraiment bien, je t'embrasserai tout endormie... »

Cette phrase est terrible. Quand je crois en être venue à bout, elle se redresse et agite sa petite langue venimeuse. Une chose est claire : si je veux la revoir cette nuit, il ne faut en aucun cas dormir ! En aucun cas ! La détermination me raidit. Toute l'énergie afflue, se concentre, s'accroît même par la petitesse de mon corps, se met au service d'une résolution inébranlable : j'attendrai.

Frau Holle a tout perçu depuis le début. Elle devine tout. Elle sait que cette nuit a du poison sur les doigts. Elle met en place sa propre stratégie. Nous nous mesurons.

D'abord elle me raconte une histoire très longue, celle, je crois, des trois cheveux du diable. J'y traverse avec le héros de terribles épreuves et mon cœur, semblable à la vapeur brûlante dans les serpentins de l'alambic, en épouse tous les méandres.

Dans ce conte tout le monde attend, attend, attend sa délivrance : le crapaud sous les racines de l'arbre, le vieux passeur dans sa barque, la princesse dans son château. Tout transpire avec moi l'attente. C'est terrible et fort. J'écoute dressée sur la pointe des pieds

– même couchée je suis dressée sur la pointe des pieds – et mon exaltation est à son comble. Même couchée je trépigne ! Jamais je ne pourrai dormir, avec toutes ces histoires déversées dans mes oreilles et qui me parlent de moi. Mia vient apporter de la tisane de fleur d'oranger et Frau Holle me la fait boire, cuillerée après cuillerée, avec une concentration exagérée, comme si notre vie à tous en dépendait.

– Quelle heure est-il ?

– Minuit. Tu devrais dormir depuis trois heures !

– Dormir ? Surtout pas !

– Tu ne dois pas l'attendre !

– Qui te dit que je l'attends ? Ah, ne me fâche pas, Frau Holle, tu sais que je ne l'attends pas !

– Je vois bien que tes narines blanchissent quand tu dis ça !

– Ne dis pas ça ! Frau Holle. Laisse-moi seule ! Je vais dormir.

Je bondis de mon lit et je m'empare d'un livre.

Je m'assois sous la lampe. Parfois quand je lis je peux oublier que j'attends. Et puis voilà que les pages commencent de tourner, toutes seules sans que je les aie visitées, et que les

lignes ondulent comme des vagues où les
mots, les lettres, les virgules tanguent puis se
noient. Le récit s'exténue, se vide de lui-
même, ahane. C'en est fait. Je me saisis de ma
broderie.

– Tu ne vas pas broder maintenant ?
– Pourquoi non ? Toi, tu tricotes !

Je commence de broder. Quand une fleur
est finie – oh, un point de devant, simple – je
brode la tige et puis une feuille. J'entame
même le ruban qui tient le bouquet ensemble.
Mais déjà sous l'aiguille, elle reparaît, l'attente, et me pique le doigt. D'un coup de langue, je lèche la goutte de sang mais c'est déjà
le sang de l'attente que je lèche. Elle est revenue. Elle a mes mains, le rythme de ma respiration et, entre les rangées de mes cils, ce
sont ses yeux qui se promènent sur ma broderie. Elle fait corps avec moi. Je tente une ruse.
Je m'éloigne sur la plante des pieds : je pense
à autre chose. Je m'élance en pensée vers la
cabane au fond du jardin que je suis en train
d'aménager avec des restes de rideaux et de
tapis. Sur une petite table sont alignés des tré-
sors : un verre à dents rempli de billes multi-
colores, une paire de chaussures de bal, très
vieilles et brodées de perles, un éventail de

plumes de cygne qui sent le patchouli et fait tousser quand on l'agite. Je mets de l'ordre. J'ôte les feuilles d'érable que le vent a soufflées sur le tapis. Mais soudain une planche craque. A la brûlure que je ressens au cœur, je comprends : elle est là, l'attente, elle est entrée en soulevant la courtine. Elle ricane.

Frau Holle fait mine de quitter la pièce.

– Ne pars pas, je t'en supplie.

Elle se ravise.

– Si tu retournes dans ton lit, je reste.

Je me précipite et m'allonge comme la belle du conte dans sa cage de verre, les bras le long du corps. Je ne bouge plus.

Pour ne pas revivre le calvaire du mois dernier, je suis prête à tout. Prête à ne pas frémir d'un cil jusqu'au retour de ma mère.

Ce dimanche, terrible, où elle devait rentrer de Palerme ! Toute la semaine qui l'avait précédé, les jours s'étaient avancés en rampant comme de grands monstres aquatiques qui tentent de rejoindre l'océan à travers les sables.

Il pleuvait. Il pleuvait.

Samedi, le téléphone accroché au mur à l'office s'est mis à sonner avec son aigreur de ferraille. Elle est retardée, oui, une semaine plus tard, oui, dimanche en huit. Pourquoi en

huit et pas en sept ? Je fais semblant de compter sur mes doigts mais je suis anéantie. De ce
temps, je le sais, il est impossible de venir à
bout. Ce temps n'a pas de fin. Même si on
déroulait sur la route toutes les pelotes de laine
de Frau Holle, qui en a des corbeilles entières,
et qu'on les nouait bout à bout, on n'arriverait
pas jusqu'au bout du temps. La vie a tourné,
comme du lait oublié sur la desserte.

Toute cette floraison d'amour qui devait à
son retour couvrir de gerbes la voyageuse gît
au sol, fauchée, piétinée.

Mais il y a pire encore.

Si on était capable d'être désespéré très
longtemps, on n'aurait qu'une seule fois à
mourir.

Mais le cœur est un chat ; il a sept vies. On
le frappe, il renaît d'un bond. On l'écrase, il
saute haut. Un espoir se reforme au bout de
quelques instants. Elle reviendra, elle reviendra ! Je m'élance, à nouveau je m'effondre. Je
n'avais pas vu la glace épaisse qui me séparait
de sa venue. La souffrance lancinante me tient
à nouveau. Puis l'énergie d'amour se recom-
pose par on ne sait quel miracle. Je m'élance.
Nouvelle chute. Nouveau désarroi. Cette fois
les choses sont claires : il ne reste plus rien de

cette espérance. Mais déjà elle se reforme et
s'élance ! Encore, encore et encore. Impossible de dire combien de fois cela est possible.
Personne ne le croirait si je le disais. Cette
obstination à espérer qui habite le cœur des
vivants multiplie à l'infini leurs renaissances
et leurs agonies.

– Livia, si tu me promets qu'après, tu dor-
miras, je te raconte une dernière histoire.

– Si c'est la dernière, Frau Holle, je ne peux
pas promettre.

– La dernière pour aujourd'hui.

– Même là je ne peux pas promettre.

Avec tous ces chevaux qui me galopent dans
le corps et dont les sabots résonnent à mes
tempes, comment promettrais-je quoi que ce
soit ? Dormir ! Il y a des nuits où dormir tient
de l'impossible, où on va chercher au plus
profond de sa mémoire des souvenirs anciens
d'endormissement réussi. Oui, dans cette si
longue enfilade de nuits dont la vie se com-
pose, on a déjà su une fois ou l'autre s'endor-
mir ! Mais cette mémoire est introuvable. On
se tient devant elle comme devant un mur
richement lambrissé, une boiserie de chêne
aux panneaux multiples et dont on sait seulement qu'une porte secrète s'y dissimule.

Dieu merci, Frau Holle a commencé de
conter : l'histoire de la fille aux yeux noirs.
Une fille de Prague qui, comme toutes les filles, attend avec émoi la venue de la meilleure
marieuse de la ville. Cette marieuse ne retient
sur sa liste que les filles dont la patience est à
toute épreuve. Aussi la fille aux yeux noirs
a-t-elle appris depuis longtemps, en prévision
de cette visite, à s'exercer jour et nuit. Comment fait-elle, alors que l'émoi la travaille,
pour grandir en patience ? C'est bien simple :
elle défait les paquets de nœuds que sa mère
noue dans des fils de qualité diverse, des grap-
pes entières, lourdes comme des bourdons prisonniers de toiles d'araignées. La fille aux
yeux noirs s'installe près de la fenêtre, jour
après jour, et de ses doigts délicats, avec l'agilité d'un insecte crépitant d'élytres, de pattes,
de pinces et de mandibules, elle vient à bout
de tout...

Je connais la suite, je sais que la fille aux
yeux noirs va, grâce à l'agilité de ses doigts,
délivrer un voyageur qu'elle trouve ligoté dans
des filets de pêche sur le bord de la Moldau.
Des brigands l'ont déposé là, après l'avoir
dévalisé. Sans elle, il eût attendu la mort en
séchant comme un hareng. Cet homme n'est

autre que le roi lui-même. Et parce que la fille aux yeux noirs est belle comme la nuit et que ses doigts prestes le délivrent aussi de tous les invisibles filets qui enserrent sa pauvre peau de roi, il la garde auprès de lui au palais.

Mais l'histoire est triste.

La fille aux yeux noirs s'étrangle d'un fil de soie quand, sous l'influence du chambellan rapace, le roi ordonne de chasser de Prague tous les juifs, ses parents et ses frères, et qu'elle ne réussit pas à l'en dissuader.

Je bondis de mon lit.

– Frau Holle, il y a des histoires qu'il ne faut plus jamais raconter. Celles qui font des trous au cœur comme les mites dans les lainages.

Frau Holle secoue la tête.

– Livia, s'il ne fallait plus raconter d'histoires tristes, il faudrait se coudre les lèvres.

– Mais ce roi est un monstre !

– Ne t'embarrasse pas de lui, lâche-le, laisse-le pourrir comme un paquet de feuilles mortes. Les monstres sont des feuilles pourries. N'aie d'yeux que pour la fille aux yeux noirs. Elle n'a pas trahi les siens ! La bonne nouvelle de cette histoire c'est qu'il y a des âmes sur terre qui ne trahissent pas.

– Mais elle meurt !

– Et alors ! Le roi aussi est mort depuis et le chambellan et tout le monde... et alors !

Le silence fait du bien.

Et la nuit autour de nous.

Un long moment je ne désire plus rien, accueillie que je suis dans l'instant. Songeuse.

Songeuse ne signifie pas que je pense, que j'oppose le pour au contre, que j'évalue... Oh non. Tout juste le contraire. Je fais halte au milieu du temps. Je fais halte pour laisser respirer la nuit. Ainsi, je peux me rapprocher de ce qui me fait souffrir, m'en rapprocher pour le dévoiler un peu.

– Frau Holle, pourquoi a-t-on si mal parfois à une plaie qui est introuvable ?

– On naît avec.

Qu'une grande partie de ce que nous croyons les attributs de notre personne appartienne à d'autres et se révèle, comme on le dit en couture, des pièces rapportées n'avait pas tardé à m'apparaître.

Ainsi, nous naissons déjà blessés. Frau Holle le savait. Débiteurs insolvables de créances non identifiées, nous ravivons d'anciens contentieux par notre naissance même. Si ce legs qui nous est confié – constitué de bric et

de broc du naufrage de nos ancêtres, de souf-
frances que rien n'a soulagées, de drames restés sans réparation – ne se refuse pas, c'est
pour la bonne raison que cet héritage est indécelable et que nous ne soupçonnons même
pas que nous en sommes devenus, par fait de
naissance, les légataires universels. Très tôt
j'ai été alertée par tout cet apport étranger qui
formait mon viatique. Découvrir dans mes
bagages des peurs, des comportements, des
états d'âme qui ne paraissent pas m'appartenir
et dont on m'avait pour ainsi dire subrep-
ticement chargée me fit songer beaucoup
plus tard à ces mises en garde qu'on lit
dans les aéroports : n'acceptez pas de prendre
en charge paquet ou bagage qui ne vous
appartiennent pas. Le problème néanmoins se
montrait ici beaucoup plus complexe : ces
receleurs qui font de nous leurs receleurs ne
sont pas des étrangers qu'on peut repousser :
ils sont nos aïeux à l'intérieur de nous, notre
chair et la moelle de nos os. Passagers clandestins de nos vies comme d'autres ont été
les passagers clandestins des leurs, ils viennent tenter une chance encore de délivrance
à travers nous.

Mais que d'imbroglios tragiques !

Le malheur veut que nous ne puissions vérifier la réalité physique de ces blessures que lorsqu'un malheureux qui n'y peut rien – par maladresse (ou par prescience ?) – vient y mettre le doigt. Cette personne, qui devient alors notre destin, notre tourment, aurait aussi pu se révéler l'artisan de notre guérison. Mais de cette chance, hélas, peu se saisissent, dans l'illusion où nous sommes le plus souvent que c'est cette personne-là précisément qui cause notre blessure. N'avions nous pas longtemps, mon père et moi, pensé de ma mère qu'elle était l'origine de notre tourment, ignorant que c'était cette illusion même qui permettait le renouvellement ponctuel de notre abonnement en enfer ?

Cette nuit-là, alors que Frau Holle s'apprêtait à éteindre la lumière, j'effleurai soudain un pan de vérité.

– Frau Holle, reste, je t'en prie. Dors avec moi. Mais raconte-moi d'abord...

– Il faut dormir. Ce n'est plus l'heure ni d'attendre ni de raconter...

– Qui parle d'attendre ? Ah, Frau Holle, dis-moi d'abord, je t'en prie, qui a attendu dans cette maison avant moi ?

Frau Holle s'arrêta un instant, se ravisa. Et

je la vis, avec un bonheur que je ne pouvais contenir, se réinstaller dans le fauteuil.

– Tu sais, Livia, je ne suis ici que depuis cinquante ans...

– Ça fait beaucoup de temps avant ma naissance !

Dès qu'elle se mit à parler, je vis se dérouler toute l'histoire de ma grand-mère Elena. Cette histoire, je l'avais plusieurs fois entendue, en la présence d'hôtes qui s'en enquéraient, réduite à quelques périples et quelques anecdotes. Et comme cela se produit souvent avec les choses trop familières – la lecture ânonnée de l'Évangile en est un redoutable exemple – elles s'enlisent dans l'insignifiance. Jusqu'au jour où un état d'exception fait soudain exploser leur charge. Pour la première fois, je perçus que son existence avait déterminé la nôtre : elle avait tracé dans notre maison, ou contribué à creuser, cette ornière de l'attente. Cette malédiction de l'attente dans laquelle mon père et moi étions tombés.

– Ta grand-mère, raconte-t-on, jouait admirablement du violon. Quand je l'ai connue, elle ne touchait plus son archet.

Son portrait dans le salon bleu la montre à dix-huit ans, le menton sur son instrument. De

sa tresse dénouée partent sur l'épaule des
mèches folles ; sa chevelure blond vénitien
d'une prolixité indomptable semble tirer à elle
toute la vie du pâle et délicat visage aux yeux
mi-clos.

Puis tombe le nom d'Aldo Libelli.

Un nom familier dans la maison, un nom
qui, dit-on, était connu dans le monde musical
d'alors et généralement accolé à une exclama-
tion, toujours la même : « Ah les lettres déchi-
rantes d'Aldo Libelli ! »

– Aldo Libelli fut son maître de violon
durant trois ans et son enseignement fit mer-
veille jusqu'au jour où ton arrière-grand-père
décida de l'écarter de sa fille. Méfiance justifiée et verdict cruel car tous deux étaient éper-
dument épris l'un de l'autre. Un mariage aussi
dépareillé était inenvisageable. Le musicien
partit pour l'Amérique en jurant à sa bien-
aimée de revenir et de l'enlever quand il aurait
trouvé à s'établir et fait fortune. Elle attendait
jour après jour. Il lui écrivit des lettres ardentes
auxquelles elle ne répondait jamais ; et pour
cause ! C'est le vieux baron qui faisait disparaître le courrier intercepté dans une cache derrière l'armoire à cognac. Quand il apprit, un
an plus tard, par une notice diplomatique,

qu'Aldo Libelli avait été assassiné dans une rixe à Manhattan, il présenta à Elena un quatrième (ou cinquième) prétendant – chevalier de l'industrie charbonnière – qu'elle finit par accepter. Elle disait avoir cédé « parce qu'il avait l'air plus mélancolique que les autres ». Le lendemain de son mariage, son père lui tendit un paquet soigneusement ficelé et enveloppé d'un papier de soie : les lettres d'Aldo. « Je te rends ce qui est à toi puisqu'à partir de maintenant ta vie ne m'appartient plus. » C'étaient des mœurs d'un autre temps et d'une brutalité seulement un peu différente de celles d'aujourd'hui. Elle prit le paquet. Elle lut les lettres. Elle s'éloigna sur la pointe des pieds après la nuit de noces. On la repêcha dans le lac de Garde à cinq heures du matin. Elle vomit beaucoup d'eau. Elle revint à elle. Elle eut quatre fils dont ton père. Elle me disait : « Frau Holle, on survit à tout sur cette terre mais ce que j'ai vécu de pire, c'est l'attente. »

Je crie tout haut :

– Viens, Frau Holle, on va chercher les lettres !

– Pas maintenant, il fait trop noir dans la galerie !

Depuis toujours, être courageuse c'était,

pour elle et pour moi, porter la lampe à pétrole allumée jusqu'au bout de la galerie où n'avait pas encore été installée l'électricité après la guerre, et cela malgré les portraits qui surgissaient du noir sous les gypseries exubérantes. Car de nuit, éclairée soudain de biais, effarouchés, dérangés qu'ils étaient dans leur somnolence, leur physionomie devenait terrible.

Ce soir-là, Frau Holle resta intraitable.

– La nuit, il ne faut pas déranger les portraits et il faut laisser les lettres dans leur tiroir. La nuit, il ne faut d'ailleurs déranger rien ni personne. Il faut dormir. La nuit, le monde voyage, change d'embarcadère, et ceux qui sont sortis de leur lit ne le retrouvent plus à quai.

Je tirai le drap sur mon nez avec un frisson.

Je connaissais trop bien le tangage de l'obscurité. Et je savais depuis toujours que la houle des nuits a raison de toutes les ancres jetées.

Je ne sais si ma mère songea encore à sa promesse en rentrant à la petite aube et si elle m'embrassa vraiment tout endormie. La seule chose dont je sois tout à fait sûre est qu'elle ne m'éveilla pas.

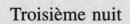

Troisième nuit

Il n'est pas facile de retourner à cette terre brûlée qu'est toute passion.

Là où s'élevait autrefois une cité avec ses ruelles, ses petites places sous les marronniers, ses quartiers familiers, ses habitudes quotidiennes, il n'y a plus rien. La construction complexe d'une jeune vie avec ses priorités, ses rejets, ses projets d'avenir, ses espérances hardies, l'exaltation des réunions d'amis, les fêtes, les enthousiasmes et les émotions fortes, tout cela disparaît comme disparaît un paysage derrière un tournant. Cette sensation de l'irréalité même de ce qui, un instant plus tôt, paraissait définitif, je la reconnus aussitôt : c'était celle qui me visitait la nuit quand j'étais enfant.

Les grandes personnes avaient beau me suggérer de dormir sur tous les tons qui vont de la supplication à la menace, la résistance tout

naturellement s'imposait. On ne naît pas intré-
pide. On aimerait tant donner satisfaction aux
adultes mais ils vous demandent l'impossible :
quitter sans maugréer une pièce illuminée,
chaude où la vie s'est délicieusement ralentie
derrière les rideaux tirés.

Non pas qu'aller dormir soit toujours
déplaisant, loin de là. Mais autour du sommeil,
il y a ces sables mouvants. D'un côté tu as le
chaud, le doux, les bons draps, l'enveloppante
tendresse. Et de l'autre, un rien, un souffle à
peine et l'effroi est dans la pièce, recroquevillé
sous l'armoire ou juché sur la plus haute étagère ; le monde bascule.

Tu ne sais jamais ce qui t'attend en premier :
le connu ou l'inconnu, le sommeil ou la peur.
A chaque instant la question se pose de neuf :
à qui appartient la seconde qui vient ? A
l'archange saint Michel armé de lumière et
pourfendeur de nuit, ou à Belzébuth le four-
chu ? A chaque instant la bagarre, et le mar-
chandage recommence. Tu les entends parler :
cet instant est pour moi ! Et le prochain pour
moi aussi ! Même parfois je crois les voir
assis, jambes ballantes comme les garçons qui
se partagent des billes sur le mur de la cour.
La nuit grésille de leurs inlassables chicanes

– et entre deux extrêmes, il n'y a rien. Entre ces deux meules, la nuit est broyée. Et dans le sac de quel meunier coule la farine des heures ? C'est ce que tu ignoreras toujours. Toute cette application que mettent les adultes à vouloir se mouvoir en toute sécurité est attendrissante. Tout cet effort pour que les objets restent à la place où on les a mis et pour qu'un vase ne puisse être brisé que de la main d'un maladroit mais jamais – au grand jamais – s'élancer seul d'une étagère !

Tout cet effort pour nier la vérité pure et simple qui se révèle sans tarder à celui qui garde les yeux ouverts la nuit ! La membrane qui enrobe le « normal » a si vite fait de se déchirer ! Un faux mouvement et c'en est fait. Et pourtant les grandes personnes semblent s'installer dans la vie comme dans leurs propres meubles. Comme si la table de leur repas et le lit de leur repos n'étaient pas des fourmilières d'atomes grouillants ! Ce grouillement, n'importe quel enfant le perçoit ! Mais tu préfères te taire pour ne fâcher personne. Ils sont si fiers de leurs meubles ! Ils s'efforcent de le tenir en place, leur monde ! Ils le préfèrent entouré de bandelettes, momifié, ligoté plutôt que prendre le risque de le voir se déplacer et se transformer.

Or être enfant te précipite dans des espaces non surveillés où les objets les plus usuels, un presse-orange, un casse-noix montrent leur visage glapissant, leur gueule tournée vers toi. Et jamais personne ne soupçonne que dans une fente du parquet, à quelques mètres de là, vient de disparaître une horde de loups. Grande est l'agilité de la vie à décomposer ce qu'elle a composé un moment plus tôt, à transformer une partie de plaisir en drame, une morosité en éclat de rire, un ennui en émerveillement, une impatience brûlante en une déception glaciale ! A la manière du vent qui fait surgir de grandioses formations de nuages, les dissipe, les ébouriffe, les décoiffe, les effiloche, métamorphosant les formes en d'autres formes, les montagnes en gouffres, les baleines en un lâcher de ballons, les mariées en traînées de sang, les troupeaux de béliers en plumes d'oie. Et le vertige qui étreint celui qui le contemple le met au cœur du Réel, de ce réel tourbillonnant pareil au manège qui t'arrachait des cris stridents de bonheur aigu et de détresse.

C'est cette irréalité fondamentale et irréductible de la réalité qui est, pour les adultes, le tabou des tabous.

Ils se battent depuis tant d'années pour ce « lopin de réalité » ! Ils ont œuvré, trimé, peiné pour l'acquérir, l'ont payé au prix fort, ont signé un bail à long terme. Ce petit fragment de réalité est le leur ! Ils sont si assoiffés de clôture, de prison, de contrat et d'asservissement que l'idée ne leur est pas venue que le bailleur puisse être véreux et traiter avec des biens qui ne lui appartiennent pas. Les voilà propriétaires d'un trésor que le prochain courant d'air emporte. Au premier litige, ils apprendront que le bailleur de fonds était un homme de paille qui a pris feu et que les réclamations ne sont pas recevables.

Que te reste-t-il, enfant, sinon faire semblant chaque matin de croire que tu habites encore la même maison, que les jouets, les mêmes jouets sont encore dans le coffre, le même coffre ? Sinon cesser de dire ce que tu vois de tes yeux : que la maison est amarrée quelques rues plus loin, parfois même dans une autre ville, et que, sur l'échiquier resté ouvert, la tour et la reine ont échangé leur case ? Dans ce jour nouveau et sans repère, tu fais semblant de tout reconnaître, de trouver normal qu'à la tendresse du soir succède un visage irrité et fermé et qu'à la comptine que tu récitais en riant manquent soudain trois mots happés par l'ombre ! Et ce dessin, ton œuvre, qui explosait hier de couleurs vives est ce matin un chiffon sale et terni. A qui parler de ces métamorphoses ? Où trouver la force de croire à ce que tu vois ? Peu à peu la pratique quotidienne des contrevérités rend opaque. Pour être adoptée par la confrérie des humains, le temps est venu de te taire, de grandir et d'oublier.

Les années passent.

Cette amnésie ne manque pas de présenter des avantages. Elle est gratifiante, propice à une intégration sociale. Elle permet de devenir « réaliste », c'est-à-dire de regarder le monde à travers le même tuyau de pipe que tous les autres et de croire avec eux qu'en accumulant le plus de petits plaisirs et de petites satisfactions possible, on finira à la longue par se composer une vie présentable.

Mais voilà que ce monde qui m'était apparu enfin solide, insoulevable, impossible à déplacer d'un centimètre sans déménageur changea brusquement de consistance et se laissa écarter d'un doigt comme un ballon de baudruche.

Cette sensation radicale de l'irréalité de ce qui nous entoure m'était connue : c'est dans l'enfance que l'amour fou tout comme la sagesse ont leurs racines profondes.

A la fin de l'été, cette année de mes dix-neuf ans, lors d'un dîner chez ma tante, je vis Ricardo pour la première fois. Nous étions une douzaine de convives à table et tous les autres à part lui m'étaient plus ou moins connus. Je ne peux prétendre qu'il me plut. La question jamais pour moi ne se posa. Elle suppose une réflexion, une objectivité dont je ne fus à aucun moment capable. Chaque fois que je tournais la tête et qu'il sortait de mon champ de vision, je m'efforçais, tout en feignant d'écouter mon voisin de table, de recomposer son visage, d'en retrouver le contour volontaire, le nez saillant et finement arqué, l'éclair des dents entre les lèvres et ces yeux dont l'éclat ne paraissait pas vouloir s'estomper, me rappelant cette haute fenêtre à l'église que je fixais pendant les offices et qui, même lorsque je fermais les yeux, restait imprimée sur ma cornée. Chaque fois que mon regard se ressaisissait de lui, j'étais rassurée de ne plus le

trouver aussi attirant qu'un moment plus tôt.
Mais à peine m'étais-je à nouveau détournée
de lui que son visage se reformait devant mes
yeux et me tenait fascinée. Peu à peu je res-
sentis une fièvre. Cela fouillait en moi comme
dans un grand bahut rempli de choses
oubliées. « Lentement la peur de ramener
quelque chose d'irréparable, quelque chose
qu'il fallait à tout prix continuer d'ignorer [1] »
s'empara de moi. Je me levai de table et sortis
dans le corridor. J'y trouvai une porte entrouverte vers la terrasse, m'y hasardai et m'assis
sur une balustrade.

Ma tête était vide. Une angoisse s'était mise
à respirer avec moi, il était clair que si je devais
encore longtemps partager mon oxygène avec
elle je ne tarderais pas à en manquer. Puis,
pour la première fois de ma vie, je sentis dans
mon ventre un tiraillement suave et doulou-
reux ; quelque chose vivait en moi que je
n'avais pas invité ; une présence étrangère et
révoltante avec laquelle je m'apprêtais fermement à refuser toute familiarité ; mais elle
innervait insidieusement mes organes, paraly-
sait ma défense, devenait lentement accepta-

---

1. Rainer Maria Rilke.

ble, lentement acceptée, peu à peu source d'une chaleur douce qui irradiait, se répandait le long de la face intérieure lisse des cuisses jusqu'aux genoux. Une envie de pleurer me saisit, je perdais la maîtrise de ce corps. Il m'échappait. Il s'élançait. Il rejoignait un inconnu que je me mis à haïr. Je venais d'être dépossédée de ma liberté, livrée au naufrage du désir et à sa lumineuse défaite.

– Vous m'avez inquiété ! Vous avez subitement disparu à l'intérieur de vous-même !

Il était devant moi qui me parlait. Un sourire à peine ébauché où passait la brume d'une ironie.

– Comment avez-vous pu me trouver ?

– La porte était entrouverte.

– Quelle porte ? demandai-je avec dureté.

– La porte de la terrasse. A quelle porte pensiez-vous ?

Je le détestais. Je sentais qu'il avait trouvé ma trace et qu'il ne s'en laisserait plus détourner.

– Pourquoi me suivez-vous jusqu'ici ?

– Je ne vous suis pas. Je viens à votre rencontre. Ne m'avez-vous pas appelé ?

– Ne parlez pas ainsi ! Je n'ai jamais appelé personne.

Je le toisai d'un regard dur. Jamais je n'avais encore parlé à quelqu'un avec aussi peu d'aménité. Une instance en moi défendait ma vie. Je sautai brusquement de la balustrade où j'étais assise pour retrouver le contact avec le sol.

La terre se déroba. Je fus dans ses bras.

Nous ne devînmes amants que des mois plus tard. Ma jeunesse et mon innocence l'avaient retenu et les circonstances de sa propre vie.

Une gravité était en moi, qui surprenait ceux qui m'avaient connue rieuse et légère. J'avais touché quelque chose qui m'avait rendue étrangère à tout ce qui m'était familier. Une sorte d'état d'adoration dont rien ni personne ne pouvait me distraire.

Pas même Ricardo.

Je m'étonne qu'on puisse souvent croire qu'une passion relie deux personnes distinctes. La passion est peut-être le seul état – mis à part l'Eveil – où il n'y ait plus personne.

Longtemps j'écarquillai les yeux devant Ricardo pour reconnaître en lui l'homme qui m'inspirait pareille folie d'amour, pour trouver un signe de parenté, un signe familier, un indice quelconque qui me feraient comprendre de manière irréfutable que c'était bien lui et pas un autre que je devais aimer.

Je ne le connaissais ni ne le reconnaissais. Une angoisse me prenait.

« Qui es-tu ? » lui demandais-je dix fois d'affilée, et mes regards paniqués le bouleversaient. Il me cherchait au plus profond de moi, me brûlait de son souffle dans nos embrassements : « Me reconnais-tu ? Me reconnais-tu ? » Je disais : « Non, non, non ! » Et tout le temps où nous nous sommes aimés, quand de son râle montait la question : me reconnais-tu, me reconnais-tu ? et que la voix me manquait, je ne faisais que jeter convulsivement ma tête d'un côté à l'autre pour signifier non, non, non. Vraiment non !

Il y eut une nuit où je le reconnus, et cette nuit je me garde bien de la tirer à la lumière du jour.

Elle me donna un corps que je n'ai plus perdu. Un corps vivant que j'emporterai dans la mort.

De tous les mystères que j'ai rencontrés sur terre, le corps est le plus grand. Rien qui ne soit plus menacé, plus soumis aux lois de la destruction, de l'entropie et de la déchéance. Rien qui ne soit plus à même de capter l'éternité, de se faire le détecteur du frôlement des dieux, de leurs allées et venues parmi les hommes.

L'arrivée de Ricardo dans ma vie avait créé une effervescence aussi violente que celle que provoque la chaux vive en touchant l'eau.

Je reçus des personnes à qui mon destin tenait à cœur, parents et amis, des signaux d'alarme : je m'engageais dans une impasse. Ils n'avaient pas tort. On ne peut pas prétendre non plus qu'ils avaient raison.

Ricardo avait quarante ans passés, une vie tumultueuse ; il vivait entre Buenos Aires, Rome et Vienne où sa femme, Aglaé, paralysée des jambes après un accident de voiture dont il était responsable, vivait dans une villa proche de notre palais. Tout le monde dans notre entourage la connaissait ; on l'admirait plus qu'on ne la plaignait. Et je me mis à l'aimer comme les autres aussitôt que j'eus la chance de la connaître. Tout cela formait un conglomérat de données objectives et peu rassurantes en effet quant à ma place dans cette constellation, mais n'effleurait nullement la réalité dans laquelle je me mouvais. Ce qui a lieu entre l'eau et la chaux vive ne se laisse pas modifier par une inquiétude, aussi justifiée soit-elle.

Ricardo, dont la virtuosité n'avait pas son pareil, trouva à faire jouer en moi un déclic qui m'ouvrit le corps, l'intelligence et le cœur. Sa présence et la générosité de tout son être me tenaient fascinée.

— Ce que tu ne sais pas, disait-il, je le sais pour toi. Ce que je ne sais pas, tu le sais pour moi, mais nous n'avons accès toi et moi à ce savoir que parce que nous aimons.

Il possédait cette flamboyante intelligence qui relie entre elles des choses éloignées, les fait se toucher, se mettre en valeur par leur soudaine proximité, se troubler l'une l'autre, s'exalter, se raviver. Une intelligence aussi éloignée qu'il est possible de cette rationalité rampante qui ergote, pinaille et se laisse corrompre par la piètre envie d'avoir raison.

— Si j'avais eu un enfant, me disait-il, avant l'arithmétique et l'orthographe, je lui aurais appris l'art du funambule, du danseur de corde et du jongleur. La vie ne s'apprend que dans

l'instabilité et le tangage ! Loin de ces dépra-
vations sordides que sont la sécurité, l'intérêt, l'efficacité, le succès ! Pouah ! Soyons
sérieux : le tango a sauvé plus de vies que la
pénicilline ! Et sais-tu pourquoi ? Parce que,
loin d'ignorer l'irritation, le tango l'intègre !
Construit sur des structures ambivalentes, il
rejoint la vraie vie. Alors que les nombres
pairs rendent simplets, moralistes, avides de
symétrie et d'autorité, la fréquentation de
l'impair fait aimer les contradictions et les
jeux de l'amour.

Le tout ponctué de nos éclats de rire inou-
bliables.

Et de pauses.

– Pourquoi es-tu triste ?

– J'ai si rarement l'occasion de l'être ! Près
de toi, j'ose... – ou alors : Etre triste n'est pas
triste. La seule chose triste est d'être plat.

Tous les registres se laissaient aborder avec
Ricardo, de la provocation à l'émerveillement,
de l'impertinence à la suffocation.

– Jamais tu ne comprendras quelque chose
à cette vie. Jamais, Livia. Elle déborde de tous
les côtés, et quand tu crois en saisir un bout,
elle te l'a déjà abandonné entre les doigts,
comme un lézard sa queue. Les humains ont

tellement peur de cette vérité-là, de cette
énigme incommensurable, qu'ils ont passé des
millénaires à tisser des gilets de sauvetage. Les
savoirs, les idéologies, les philosophies, les
sciences sont les produits de ces filatures. Les
qualités en varient. Certaines sont même très
soignées mais aucune ne résiste à l'usage !
Etrangement, rares sont les savants, les philo-
sophes qui, au fur et à mesure qu'ils avancent,
paraissent remarquer que le mystère, loin de
diminuer, grandit et que l'horizon recule.

J'avais appris à mes dépens – car il n'y a
pas là à jubiler – que tous les parapets dont
m'avait enveloppée l'éducation, tous ces
garde-fous, ces règles respectables et indispen-
sables à une vie en société, durent aussi longtemps que nous n'entrons pas en collision avec
l'éros. (Je ne parle pas de sexualité, cette ver-
sion aseptisée, insipide, stérilisée et sordide
dont on joue aujourd'hui comme d'une marchandise. Je parle d'Eros, la puissance primor-
diale devant laquelle, lorsqu'elle apparaît, les
dieux mêmes s'écartent et s'inclinent.)

Longtemps j'ai aimé Ricardo comme si je
ne devais pas en revenir.

Son odeur me hantait. Une odeur d'arbre, de cèdre. Même lorsque nous étions séparés, elle montait de mes lèvres, de ma gorge, de mes cheveux, de mes vêtements. J'étais imprégnée de lui comme si je n'avais fait que vivre dans ses branches depuis toujours, dévêtue et sauvage.

Une fois où je m'émerveillais de toutes les portes qu'il m'avait ouvertes et que j'ajoutais : « Je te garde... », il partit de ce grand rire de fauve dont j'eusse aimé qu'il me déchire.

– Il ne faut jamais vouloir épouser le portier, jamais ! Voilà que tu es tombée dans le piège, Livia ! La porte que les amants s'ouvrent est aussi un piège. Certains restent si fascinés par cette porte qu'ils passent leur vie à la faire tourner sur ses gonds, à la fermer et à l'ouvrir, à en huiler les charnières, sans jamais songer à pénétrer l'espace qu'elle leur ouvre !

Et puis, soudain grave :

– Toi, ma Livia, je ne te garderai pas. Je t'aime beaucoup trop pour t'enchaîner auprès de la porte. Tu vivras !

– Sans toi !

– Bien sûr, sans moi.

Et prenant mon visage entre ses mains avec une tendresse sévère :

– Ne me confonds pas, Livia, avec ce que je te fais vivre et que tu me fais vivre !

J'appris de lui le « regard d'amour », ce regard que l'ange pose sur l'un des deux en empruntant les yeux de l'autre. Un regard qui vient de très loin... très loin... derrière le visage.

Et ce regard me fit surgir de ma réserve, me fit habiter mes dents, mes cheveux, mes ongles et mes entrailles avec une imprudence de jeune lionne. Je ne craignais plus rien, aucun échec, aucune agression, aucune mort. Et puisque seul le paradoxe signale qu'on est bien dans le Réel et non dans quelque construction de l'esprit, il fit de la jeune femme affirmée et sûre d'elle que j'avais été, une créature vulnérable, une sorte de gazelle de verre filé dont la moindre secousse peut briser les pattes, née qu'elle est du souffle des verriers de Murano et de la morsure du feu.

Quand la nuit trouvait nos corps entrelacés et noués l'un à l'autre comme les rinceaux et l'acanthe, je récitais en litanie : Ricardo... Ricardo... Ricardo... dans toutes les modulations, du soupir à l'appel déchirant, et Ricardo les reprenait : Livia... Livia, tu m'entends... et nous pleurions ensemble. Dans ses bras, je finissais par tomber dans un sommeil qui engloutissait tout : et les vivants et les morts et les amants et ceux qui dorment seuls et l'impatience et la patience. Et en rêve, disait Ricardo, je gémissais comme la levrette qu'il avait à Florence lorsqu'il était enfant et qu'il prenait comme moi dans son lit dès qu'il entendait ronfler sa gouvernante.

Je suis presque sincère si je dis qu'en vérité, je ne l'ai jamais voulu tout entier pour moi. L'intensité qui se dégageait de lui, de nous, était trop forte pour durer.

Il vint un temps, après trois ans de rencontres incessantes, où je sentis que je m'étais avancée si loin dans l'incandescence que j'allais y être consumée. De ce jour, je commençai de reculer.

Non par prudence comme on aurait trop vite fait de le croire ni par instinct de conservation, mais pour sauver ce que j'avais touché grâce à lui.

Ce fut le temps aussi où je rencontrai Aglaé. Elle avait exprimé le désir de me connaître.

Ricardo ne lui avait pas dissimulé notre relation. « Aglaé, lui avait-il dit, imagine ce qui
m'arrive : j'ai rencontré la petite sirène
d'Andersen ! », et sans doute, fine comme elle
l'était, avait-elle tout su dès le début. Je fus
étrangement touchée par elle : sa beauté de
sphinx immobile, les cheveux noirs qui des-
cendaient en cascades de boucles sur ses épaules frêles et son regard plein d'indulgence avec
lequel, comme sur le pont d'un navire une
voyageuse dans son transat, elle regardait
s'affairer l'équipage. Ses jambes étaient cou-
vertes d'étoffes aux surprenants motifs qu'elle
avait ramenées de ses multiples voyages de par
le monde avec Ricardo sans avoir pu prévoir
l'usage qu'elle en ferait un jour.

Je commençai de l'aimer comme une sœur
plus âgée. Elle s'émerveillait de mon agilité,
de la manière que j'avais de m'asseoir, de me
lever, d'évoluer dans la pièce, de me baisser
pour ramasser une petite cuillère tombée au
sol, en un mot tout ce qui ne paraît pas digne
d'une attention particulière l'étonnait et don-
nait à ce qui avait lieu autour d'elle un lumineux glacis de conscience. Ce qui n'était jusque-là que de l'ordre du quotidien virait
soudainement, et créait le même saisissement

que, sous le pinceau de Chardin, la vue d'un citron ou d'une assiette.

Je me suis demandé beaucoup plus tard si la pensée l'avait effleurée que Ricardo pût l'abandonner pour moi. Je n'en sus jamais rien. Il se dégageait de son être une liberté si naturelle et si tranquille qu'aucun de nous ne songea à s'enquérir de ses appréhensions. Le regard qu'elle posait sur nous était d'une aménité sans faille. J'ai l'innocence de croire que nous nous faisions confiance tous les trois. Peut-être à l'étrange satisfaction qu'elle avait à me voir évoluer entre les tables et les sofas, les guéridons et les luminaires, s'ajoutait celle, plus glauque, ou plus déchirante, de rendre à travers mon corps juvénile à l'homme qu'elle aimait, elle dont les jambes étaient mortes, la grâce d'une sirène, ses écailles érectiles, ses nageoires agitées dans la houle du plaisir. Qu'elle pût l'aimer – nous aimer – jusque-là ne me surprendrait pas.

Mon vrai sujet d'étonnement est de ne plus réussir à faire surgir Ricardo seul dans ma mémoire. Elle est aussitôt près de lui, comme dans ces peintures anciennes et rigides où les couples princiers sont portraiturés en doublet. Cela m'émeut.

La première alliance contractée est donc ineffaçable. Et toute tentative d'oubli se révèle vaine à la longue.

Il n'est qu'une issue : prendre l'être aimé entier, avec toutes les loyautés qui le composent.

Que la passion qui nous liait eût déplacé des étoiles ne faisait pas l'ombre d'un doute. Pourtant l'alliance première ne s'en trouvait pas altérée. Voilà devant quoi je m'incline aujourd'hui, rendant sans transiger à Aglaé l'homme qui lui a appartenu. Me restent sur les doigts l'odeur de cèdre et l'interminable écho d'un éboulement lointain.

La dernière lettre que j'ai reçue de lui, il l'écrivit à la fin d'un long séjour seul en Argentine.

« Revenir vers toi, Livia, serait de la folie. Je ne suis pas homme à me bercer d'illusions. Il me faudrait tôt ou tard assister à ton lent désamour. Je ne m'exposerai donc ni à la souffrance impuissante de voir passer ce qui a été, ni à la pitié que finit toujours par inspirer celui qui aime plus longtemps que l'autre. Nous avons été les porteurs d'un jaillissement qui ne nous appartient pas et qui ne se prolonge pas. Je t'ai rejointe hors du temps et de l'espace, là où les dieux donnent parfois rendez-vous aux hommes.

Vis, Livia, vis.

Ricardo »

Quelques années après que nous avions cessé de nous voir, j'appris sa mort.

Une lettre d'Aglaé postée à Rome commençait par ces mots :

« Livia, toi qui, seule avec moi, as connu Ricardo, apprends que... »

Je me levai d'un bond et courus à la fenêtre pour mieux déchiffrer la fine écriture.

Sa mort, telle que me la décrivait Aglaé, ne me surprenait pas ; elle déroulait une mémoire inscrite en moi depuis le début. Ricardo n'était pas remonté à la surface après une plongée sous-marine près de Dahab. « A deux heures de camion du Caire », écrivait-elle. Elle tenait visiblement à ces précisions qui rapprochaient d'elle ce corps que la mer n'avait pas voulu rendre.

« C'est exactement ce que tu me fais vivre, Livia, me disait-il en décrivant ses dérives dans

les profondeurs sous-marines, le même vertige, le même saisissement : un ciel renversé
dans lequel on tombe... et quelle jubilation
étrangement sereine... la sensation d'être
arrivé enfin où on voulait aller... le désir poi-
gnant de n'en surtout pas revenir. »

Toutes les visions qu'il avait fait surgir
devant mes yeux affleuraient : les deux énor-
mes requins collés bouche à bouche dans
l'anfractuosité d'un rocher, monstres tendres
et innocents respirant la paix qu'il avait longuement contemplés avant de s'éloigner. Et la
manta géante qui lui était apparue et dont la
lente arrivée droit vers lui avait obscurci les
fonds sous-marins, lui dérobant un moment la
conscience. Et quand je frissonnais à ces
évocations, sa voix à mon oreille : « Il n'y a
rien à craindre, Livia... jamais l'océan ne se
noie... »

La lettre à la main, je restai en rade cette
nuit-là.

C'est seulement vers l'aube que le sommeil
clément me ramassa sur la berge, me prit à son
roulis.

Les amants, avait dit Ricardo, sont des
bancs de sable roulés par la mer.

Quatrième nuit

Quand je reçus dans les bras ce fils qui venait de naître, j'eus une révélation qui m'électrisa. Moi qui jusqu'alors avais cru à l'existence des « bébés », je cessai sur-le-champ d'y croire. Cette minuscule créature que je contemplais les yeux écarquillés était une personne à part entière, crissante d'histoire et de mémoire et qui, de ses yeux couverts de pruine, fouillait l'opacité du jour à la rencontre de quelqu'un.

Mais plus que son apparence, me troublaient les messages que je recevais de lui dans un corps à corps éperdu.

Il se retrouvait cousu dans un morceau de peau, et s'en alarmait. Quelque chose en lui d'immense et de libre tentait de se relever, de s'élancer et retombait comme un oiseau à l'aile brisée dont les tentatives d'envol sont vaines ; un des plus poignants spectacles auxquels j'avais assisté enfant se répétait devant mes yeux.

Cette révélation ne dura que le temps de ciller, et se fût-elle prolongée, je ne l'aurais pas supportée. Je me repris aussitôt, je me mis à parler, à gazouiller, à soulever d'un doigt la minuscule main, à me comporter comme le font les mères. Mais l'autre message m'était parvenu, à jamais indélébile.

Je fus amenée à mener une double vie. De jour je jouais la mère. De nuit je venais souvent m'asseoir auprès de lui lorsqu'il était endormi pour lui parler comme à un étranger de marque de ce que j'avais vu et cru voir sur cette terre, de cette sensation d'exil qui ne m'avait jamais quittée mais aussi de toutes les raisons que j'avais rencontrées de nouer amitié avec cette vie. Je lui livrais des arguments pour rester ici comme si j'avais soupçonné qu'il ne prolongerait pas outre mesure son séjour près de nous. Ces enclaves, sortes d'offices de nuit d'une liturgie secrète, devinrent mes thébaïdes. De jour je lui donnais à boire et à manger, je m'entretenais avec Mia, qui m'avait suivie dans ma nouvelle vie, de l'heure de ses bains, des soins à lui donner, je promenais au parc un bonhomme vêtu de bleu et de plus en plus délicieux, disert et alerte, et qui « faisait » le petit enfant comme je « faisais » sa mère.

Mais de nuit, je retrouvais l'âme ancienne qu'il hébergeait, ce voyageur atterri là par d'inextricables périples et venu en somme demander un temps l'hospitalité. Je n'étais pas chargée de l'éduquer mais de l'accueillir, de commencer avec lui ce dialogue de vérité qui ne devait plus cesser ; je comprenais pourquoi l'hospitalité était dans toutes les cultures l'attribut d'humanité le plus haut prisé, le plus ancien plaisir des hommes et le plus noble. Je tendais l'oreille aux messages qui finiraient par me révéler son identité. Qui était-il en vérité ? Que venait-il chercher auprès de nous ? Quel était le contrat qu'il était venu remplir ? Qu'était-il venu vivre ? réparer ? découvrir ou révéler ? J'attendais avec impatience le jour où il lèverait enfin son incognito !

Je l'appelai Aurelio.

Ce nom s'imposa à moi pour la raison qu'il contenait les cinq voyelles : a e i o u. Le clin d'œil à l'Empire habsbourgeois [1] où ses ancêtres avaient des racines séculaires n'était

---

1. *Aeiou* : « Austria erit in orbe ultima ».

qu'anodin. Il pourrait un jour, à partir de ce clavier, se composer tous les noms. C'est l'humilité qui me l'inspira ; j'étais semblable à ce vieil homme pieux dans l'histoire de Frau Holle qui inlassablement récitait l'alphabet en guise de prière. Ainsi, disait-il à ceux qui l'interrogeaient sur cette pratique surprenante, Dieu pourrait se composer lui-même une louange digne de sa gloire.

Ce fils, je le devais bien sûr à un homme.

Un homme que j'aimais et que j'avais épousé sept ans après la mort de Ricardo. C'était le premier enfant qui nous naissait après un long temps de vie commune et nous ne devions pas en avoir d'autre.

Andreas m'avait conquise par l'élégance de tout son être, sa sensibilité extrême et son érudition qui mettait en résonance mes mémoires. J'ai toujours eu une sensualité sensible avant tout à l'esprit. La présence d'Andreas agissait sur moi comme la lumière électrique sur ces lampes de fine porcelaine blanche traitées selon un système qu'on appelle lithophanie : dès qu'on les éclaire, apparaissent les paysages ou les scènes qui s'y trouvent gravés et qui, un instant plus tôt, étaient invisibles. Par ses yeux, je me mettais à voir ce que je ne soupçonnais pas : l'histoire que narrait la frise d'un péristyle, l'étonnante manière dont la lumière naturelle était captée par les grands architectes baroques, toute une lecture cabalistique de la ville qui m'enchantait.

Une nuit où ses cris m'avaient éveillée, je l'entendis qui gémissait en rêve : ils ont brûlé la ville de Ninive ! Ils ont osé brûler Ninive ! J'allumai en hâte. Son visage était couvert de larmes.

Un jour où je lui demandai par jeu ce que serait pour lui le paradis sur la terre, il répondit sans une hésitation : « Me promener dans la bibliothèque d'Alexandrie avant le terrible incendie. Au temps où on y pouvait lire encore les œuvres de Sapho ! »

J'eusse bien sûr espéré une autre réponse. Elle ne vint pas.

« La plupart des choses qui importent à mes contemporains, je les rejette résolument et du fond du cœur. Et si j'ai une chose à regretter, c'est d'avoir pu un temps fonctionner dans cette société. » Cette première phrase de Thoreau dans son célèbre *Walden* décrivait Andreas. Mais à la différence de l'écrivain américain qui se retira aussi loin que possible dans les forêts, Andreas, lui, avait trouvé son refuge au cœur de Vienne dans le quartier le plus animé de la ville, à quelques pas de l'église Saint-Etienne, où il se disait « berger des livres ».

Je m'aperçus assez vite qu'il me rejoignait rarement dans l'instant et que, pour aller le chercher, il me fallait m'enhardir quelques siècles en amont. En vérité, j'ignore si je parvins jamais à l'intéresser vraiment à notre vie. Etonnamment cela n'a pas dans ma bouche une coloration de reproche ; mon goût immodéré de liberté y trouvait son compte. La scélératesse conjugale qui consiste, après l'accession à l'intimité de l'autre, à s'attaquer aussitôt à des travaux de réfection était aussi honnie par lui que par moi.

L'arrivée d'Aurelio, notre fils, le bouleversa. Tant sa fragilité que son énigme. Il le contemplait avec une angoisse qui allait grandissant avec les années, nous recommandait dix fois par jour à Mia et à moi de prendre soin de lui, de ne pas le perdre un seul instant des yeux. Sans doute se jugeait-il lui-même impuissant à le préserver de toutes les menaces dont il le croyait assiégé. Sa propre enfance le

rejoignait insidieusement, une enfance soli-
taire au milieu des domestiques et des forêts.
Sa mère était morte à sa naissance. Une seule
femme l'avait protégé contre tous et contre
lui-même, sa grand-mère Isa. Elle avait une
passion qu'elle partagea un temps avec lui :
celle des jardins. Elle faisait venir d'Angleterre, dans de grandes caisses clouées, des
massifs de rhododendrons qu'elle parvenait,
en les enveloppant amoureusement de paille
en hiver, à acclimater dans ce rude pays ; des
arbres aussi qu'on n'avait jamais vus dans ces
régions propices au seul épicéa : des séquoias
et des cèdres. Elle leur parlait comme elle parlait à ses chiens, les deux dogues qui ne la
quittaient jamais.

« Vous vous préparez une mauvaise mort,
lui disait son fils ; quand vous serez un jour
malade, ils ne laisseront approcher ni le médecin, ni le curé. » C'est en effet ce qui se pro-
duisit. Ainsi vint-on chercher Andreas quand
il avait dix ans, au fond de son internat anglais
pour qu'il écartât les chiens de la vieille dame
grabataire qu'aucun domestique ne pouvait
plus approcher pour la nourrir. Les molosses
se laissèrent tomber à ses pieds quand il entra
et lui offrirent leur ventre à gratter. Il les

caressa, les mit en laisse, les musela comme
on le lui ordonna et les fit sortir de la chambre.
On entendit un peu plus tard dans le parc partir
deux coups : le garde-chasse les avait abattus.
On le renvoya le soir même en Angleterre où
l'atteignit deux jours plus tard l'annonce de la
mort de sa grand-mère. Il fut hanté par l'idée
qu'elle aussi avait été exécutée par le garde-
chasse. Et désormais, chaque séjour de vacan-
ces le remplissait de terreur. Il avait puisé là
la certitude qu'on ne peut rien faire pour ceux
qu'on aime et que tout geste, toute tentative
par un mécanisme secret de démonie, se
retourne contre l'un ou l'autre des protago-
nistes.

Contre toute cette rancœur ancienne, il
n'existait pour lui qu'un talisman : Aurelio.

Parfois, le prenant sur les genoux, il feuil-
letait avec lui d'immenses portfolios remplis
de cartes anciennes plus vastes que sa table.
Ils voyageaient ensemble d'un doigt, remon-
taient les fleuves jusqu'aux estuaires, lon-
geaient le contour incertain des continents,
s'esclaffant des bizarreries de l'iconographie.
Et quand leurs cheveux se mêlaient, leurs
joues se frôlaient et que se créait entre eux
l'intimité de très vieux compagnons de

voyage, il arrivait qu'Andreas murmurât à l'oreille de son fils :

– Aurelio, méfie-toi toujours des hommes. Je les ai vus à l'œuvre à la guerre comme à la paix. Ne fais confiance qu'aux femmes !

– On peut guérir de son enfance, disait Mia qui, depuis la mort de sa sœur Frau Holle, avait retrouvé la parole. On peut guérir de son enfance comme d'une plaie.

Et elle ajoutait après un silence : « Mais il faut le vouloir. »

Andreas préférait vivre avec ses plaies. C'était un choix. Respectable comme tous les choix. Nombreux sont les artistes et les saints pour qui ce choix porta ses fruits. Je ne sais pas si ce fut le cas pour lui.

Son anxiété était grande. Il devait se révéler bientôt qu'elle était très puissante. Rien, semble-t-il, ne crée un champ plus propice à la réalisation de nos peurs que la peur elle-même.

Cela commença d'abord doucement par la perte d'une grande partie de nos biens immobiliers grâce aux transactions d'un conseiller véreux.

– Je pressens, disait Andreas, qu'il faut – si tant est qu'on veut les conserver – s'occuper soi-même de ses biens. Oui, je le pressens.

Mais comment mobiliser en soi le désir véritable de les conserver ?

Il était entier dans ce constat.

Sa mort accidentelle fut la deuxième hantise familière à se réaliser. La première violence aussi dont il se rendit coupable à notre égard. Sans doute, pour vivre, faut-il aussi mobiliser ce désir véritable de vivre. Il ne fut pas en mesure de le faire.

Un camion de livraison le renversa devant notre porte ; il était plongé dans la lecture d'un catalogue de livres anciens. Le choc le tua sur le coup. Deux jeunes livreurs me l'apportèrent. On le coucha sur le sofa de la bibliothèque. A peine une tache bleuie sur la tempe. Pas une goutte de sang. Pas un bouton arraché. Le visage noble et serein.

Après un hébétement dont je ne sais combien de temps il dura, je fus traversée par une tempête violente et me pris à l'invectiver : « Comment as-tu pu ? Comment peux-tu ! Comment, comment ! »

Je n'avais pas remarqué l'arrivée d'Aurelio dans la pièce. Il avait alors trois ans. C'est sa voix qui me dégrisa :

– Ne le gronde pas, je t'en supplie !

Je restai prostrée jusqu'à la nuit. Il y eut

juste un moment où je levai la tête quand Aurelio s'avança en traînant à deux mains un portfolio beaucoup plus grand que lui ; il parvint à en extraire un feuillet qu'il présenta à son père, dressé sur la pointe des pieds, pour voir s'il ne réussirait pas à raviver ainsi son intérêt à vivre. Il ne commença à pleurer que lorsque Mia l'emporta dans ses bras.

Les nouvelles voyagent vite à Vienne. Amis, parents et alliés bientôt affluèrent. Je ne voulus voir personne. Les jambes ne me portaient pas. Je ne sais qui enfreignit l'interdiction et me coucha, plaça des briques chaudes dans mon lit, rajouta un édredon, ma mère sans doute. J'étais de glace ; sourde et aveugle à tout ce qui m'entourait.

Ce qui se passa cette nuit-là, je ne saurais le décrire, écartelée que j'étais entre la prostration et un désespoir ravageur.

Je l'avais laissé mourir.

Oui, je l'avais laissé mourir.

Tous ces égards que j'avais eus pour lui, le laissant vivre comme il l'entendait dans sa tour d'ivoire, m'apparaissaient soudain lâches et hypocrites. Je m'apostrophais tout haut : « Tu n'as pas été assez vivante, Livia. Tu n'es pas allée le chercher quand il filait en douce, assis paisiblement parmi nous. Tu n'as pas su le prendre à bras-le-corps, te colleter avec lui, le ramener de force parmi les vivants ! Tu l'as laissé exister du bout des doigts, occupée que tu étais de toi-même ! Tu as oublié ce que tu avais déjà su sur cette terre : que seule compte l'exigence de vérité ! »

On peut guérir de son enfance, avait dit Mia. Et je n'avais pas aidé Andreas à en guérir. Dans ma gorge se bousculaient les questions que je ne lui avais jamais posées. Sa mère venait-elle, toute morte qu'elle était, se pencher sur son lit lorsqu'il était enfant ? Ou ne laissa-t-elle plus jamais rien savoir d'elle, comme ces prisonniers en cavale qui sous une autre identité et dans un autre continent refont leur vie ?

De quoi rêvait-il ? Quelles espérances et quelles hantises étaient les siennes ? De sa grand-mère Isa, je ne savais que les jardins et les chiens. Que lui avait-elle été ? Quelqu'un avait-il réussi, au cours de ces années obscures, à réchauffer son cœur ?

J'avançais comme au milieu de buissons d'épines où reculer est impossible, où chaque pas déchire.

Que voulait-il de moi en m'épousant ? Espérait-il que je le convertisse à la vie ?

Peut-être mon respect pour son goût de la distance ne recouvrait-il qu'une lâcheté sans fond : un désir de repos après toutes les intensités que j'avais traversées depuis l'enfance. Je n'avais pas perçu qu'il attendait de moi sa délivrance. J'étais entrée dans son jeu mortifère, à baisser les stores, à fermer les courtines au grand midi au lieu d'ouvrir dans un gigantesque courant d'air toutes les fenêtres.

J'eus un tel mépris, une telle haine de ce que je croyais mon aveuglement que je m'entrouvris les portes de l'enfer. J'allais mettre des années à les refermer. Je perdis de vue une vérité élémentaire : sa vie n'était pas de ma responsabilité mais de la sienne. Croire que la destinée d'un autre puisse être notre fief relève d'une arrogance aveugle.

De combien d'amour faut-il être capable pour concéder à l'autre son destin !

A la vérité, ce qui sans doute m'avait manqué fut la vigilance à l'instant. Ces instants où l'armure s'entrouvre et où il n'est que d'y glisser les doigts pour en faire sauter une plaque. Ces instants, je ne les avais pas repérés.

Ils s'étaient montrés, certes.
Ils ne reviendraient pas.

Environ trois ans après la mort d'Andreas,
j'eus plusieurs nuits durant une expérience
troublante. Je n'entrais dans le sommeil qu'en
traversant d'abord un rideau trouble où
nageaient des fibrilles de sang.

Une visite de routine chez un médecin, le
Dr Strauss, nous révéla qu'Aurelio était atteint
d'une leucémie.

A l'instant où le verdict nous atteignait,
Aurelio jouait près de la fenêtre et m'appela.
Je me levai et j'allai vers lui comme si je
n'avais rien entendu, j'observai calmement ce
qu'il me montrait : une superbe pie noire plas-
tronnée de blanc que mon arrivée fit s'envoler.
Sans qu'une parole ait été échangée, notre
décision à tous deux était prise : nous ferions
comme si la nouvelle ne nous était pas parvenue, aussi longtemps du moins qu'il nous
serait possible.

Nous avons pris nos manteaux sur la patère.
Je l'ai d'abord aidé à enfiler le sien en déga-
geant ses boucles qui se prenaient toujours
entre le col et le cache-nez. J'ai enfilé le mien

et j'ai drapé mon châle. Chaque geste était dense. Je me mouvais comme à la pointe d'un cristal. Quand nous avons été vêtus tous les deux, nous nous sommes pris par la main. Je sentais sa main dans la mienne, chaude et vivante. Elle me serrait, elle me comblait. Elle remplissait ma vie à ras bord.

Le Dr Strauss nous a escortés jusqu'à la porte. Il a lu une interrogation dans mes yeux. Oui, y a-t-il répondu à mi-voix, une forme virulente, quelques mois... Il avait dans les yeux une bonté lasse, très lasse qui me touchait.

Ce verdict était une longue épine plantée dans la chair. Aussi longtemps qu'on ne la frôlait pas, elle se laissait oublier. Mais un seul faux mouvement arrachait un cri. Une extrême vigilance devenait nécessaire. Un état de flottement entre l'oublier et ne pas l'oublier – l'oublier afin de vivre ; ne pas l'oublier afin de ne surtout pas l'effleurer ! Le plus étonnant était qu'on y arrivait assez bien. Je ne me leurrais pas : plus tard, l'emplacement s'envenimerait, commencerait de puruler, ne me laisserait plus l'ignorer. C'était clair. Plus tard.

De ce jour, le quotidien prit un relief inhabituel. J'avais reçu, enfant, d'un hôte venu de
France, le cadeau d'une boîte magique avec
deux trous où appliquer les yeux. A la vue
photographique d'un lieu, s'ajoutait une troisième dimension qui aspirait l'observateur
jusqu'au vertige : la profondeur. Je restais
saisie. Que le gouffre de Padirac représenté
là existât vraiment ne m'effleurait pas. Un
espace s'était ouvert, assez vaste pour que je
m'élance.

De ce jeudi 19 janvier jusqu'à la mort
d'Aurelio, s'ouvrit un espace semblable.
L'opacité du quotidien fut dissoute. Une clarté
cristalline était posée sur toute chose.

Quelques jours plus tard, nous avions fait
nos bagages et nous partions. Mia nous accom-
pagnait comme toujours et partout. Un panier
d'osier comme on en avait autrefois pour les
pique-niques, avec un couvercle plat recouvert
d'une étoffe à carreaux, ne la quittait jamais :
elle y avait rangé tous les médicaments, les
seringues et les fioles. Elle avait le don de
réinventer une utilisation neuve aux objets afin
qu'ils ne soient pas bannis de l'existence des

humains. Sa compassion n'excluait pas les choses.

Notre première étape fut à Genève chez nos vieux amis Wolf et Hanna. Ils nous accueillirent avec ce lumineux sens du partage qui était leur don. Comme je déplorais que nous les ayons négligés si longtemps, Wolf s'exclama : « Mais, Livia, l'amitié c'est quand on s'interrompt au beau milieu d'une phrase, soudain appelé ailleurs en disant simplement "un instant s'il vous plaît", et qu'on revient trois ans après finir sa phrase sans que personne songe à s'offusquer ! »

Il était un merveilleux pianiste et Aurelio fixait la porte où quelques années auparavant, chaque fois que Wolf entamait sa sonate favorite de Liszt, deux souris sortaient d'un trou sous le linteau, s'installaient et ne bougeaient plus jusqu'à la fin de l'andante ; elles se retiraient sur la pointe des pattes quand commençait l'allegro. Il fut très déçu d'apprendre qu'elles étaient mortes sans héritiers.

– Sans héritiers mélomanes, précisa Wolf.

De Genève, nous nous envolâmes pour Amsterdam retrouver Ottilie, puis Luigi et Marie-Cécile à Rome jusqu'à ce que Mia ait murmuré un soir ce que nous commencions de penser tous les trois : « Devant qui fuyons-nous au juste ? »

Le début du printemps était inconstant, dérangé d'averses et de bourrasques. Nous nous décidâmes à rejoindre pour quelques mois du moins la petite île au large de Rhodes où ma mère, quand l'hiver à Vienne commençait de peser, aimait à passer les premiers mois de l'année.

Aurelio était le plus délicieux des compagnons de voyage ; la vivacité de ses mimiques, ses commentaires désopilants ou sa gravité soudaine qui serrait le cœur comme un tour d'écrou concentraient sur lui toute notre attention. Insidieusement, ses forces décroissaient. Il s'endormait de plus en plus souvent dans le poids de ses sept ans sur mes genoux. Et je le tenais serré contre mon cœur, égrenant les instants comme des perles rares jusqu'à ce que notre vol soit annoncé ou qu'il soit temps de rejoindre un quai de gare, un embarcadère. Quand l'achat d'un billet ou la vérification d'un horaire me forçait de m'éloigner, il venait reposer sa tête sur le cœur de Mia.

J'ai beaucoup de chance, nous avait-il dit tantôt, j'ai deux amours.

Il aimait à s'envelopper dans le plaid ajouré de cuir de son père. Andreas l'avait toujours eu à portée de main sur l'accoudoir de son fauteuil lorsqu'il lisait ou écrivait. Aurelio avait tenu à l'emporter, prétendant, en y enfournant son visage, que la laine conservait son odeur.

– Et quand il aura enfin fini d'être mort, je le lui rendrai.

Nous arrivâmes un mois avant Pâques dans cette petite île de C. dont je promis à Aurelio de ne pas dire le nom. « Elle se cache dans le creux des vagues. Pour y venir, il faut simplement la trouver. »

La villa que nous avions louée descendait en trois terrasses vers la mer et adhérait au flanc de la côte comme ces coquillages que les sédiments ont rendus semblables au rocher qui les héberge.

Les mimosas embaumaient à l'excès. Cette profusion d'abord nous saoula. Une débauche oubliée de rouges, de jaunes et de bleus sur le blanc violent des murs chaulés. La nature exultait. D'entre les pierres de nos terrasses et de chaque anfractuosité montait, impatient et érectile, le cri ardent de la végétation. Avant

que l'été ne coule du plomb sur l'île, le printemps se déchaînait sous nos yeux.

Les premières semaines donnèrent à Aurelio une énergie neuve.

Parfois venait battre à ma tempe comme le
tambour de rives lointaines un rythme lanci-
nant : il vivra, il vivra, il vivra.

J'écoutais sans entendre.

De toutes mes forces, j'évitais de changer
ma navigation.

Entre les écueils de l'espérance et les bri-
sants de la désespérance, je pressentais que ma
coque serait fracassée.

Pour le moment je n'avais qu'une res-
source : je traversais les jours comme la chambre d'un enfant endormi, dans la vigilance
aiguë de chaque pas posé, le souffle retenu.

Quand, une fois par semaine, le marchand
de légumes et de fruits venait d'une île voisine
offrir sa marchandise sur la placette, c'était
toujours à Aurelio qu'il présentait ses fruits,
les lui offrant à soupeser, et c'était à lui aussi
de compter les drachmes et de les lui déposer
pièce par pièce dans la main ouverte. Alors
l'homme le soulevait dans les airs et tournoyait
en riant. Ces deux-là s'aimaient beaucoup et
Aurelio prenait à son contact la force de porter

le panier presque jusqu'à l'escalier quand nous revenions pas à pas en trébuchant un peu sur les pavés.

Quand Aurelio cessa de nous accompagner et que Mia dut aller seule faire le marché, son ami lui envoyait toujours un présent : une figue superbement affaissée dans sa chair.

– La Vénus de Willendorf, s'exclamait Aurelio,

Ou un kaki somptueux qui mettait du trouble sous les doigts quand on le caressait.

Les enfants de l'île l'avaient adopté. Ils vinrent un temps jouer devant notre porte. Et au milieu d'eux, tous bruns de peau, vif-argent, les yeux ardents, Aurelio, avec sa blondeur frêle, son œil bleu-gris, semblait un fils de Viking oublié sur la grève par un voilier qui avait rejoint l'horizon.

Lorsqu'il commença d'être plus souvent allongé que debout, la petite troupe n'osa plus l'approcher malgré nos invites pressantes ; ils répondaient à la petite main levée dont Aurelio les saluait de loin par de bruyants hou hou ! et de grands gestes.

Notre dernière promenade eut lieu dix jours

avant Pâques. Nous avions laissé le village derrière nous. Nous avancions lentement le long d'un mur aux pierres assemblées sans mortier et dont beaucoup avaient roulé sur le chemin dans l'inextricable fouillis de boutons-d'or, de coquelicots, de bourrache et de chicorée. Au loin, des troupeaux de moutons éparpillés, ci et là des mulets aux pattes entravées. Un trou d'eau brillait à cinquante mètres de là, en bordure du chemin d'où montèrent des braiments puissants et déchirants qui nous électrisèrent. Persuadés qu'un âne était en train de se noyer et fous d'émotion, nous nous sommes précipités. Mia y est parvenue la première et s'est esclaffée : « C'est un énorme crapaud ! » Un fou rire s'est emparé de nous. Longtemps nous n'avons pu quitter ce maître chanteur installé dans un godet rouillé de la noria qui criait sa détresse d'amour, coassait tout son saoul et vibrait comme un moteur Diesel !

Plus loin, ce fut au tour des agneaux à nous couler du miel dans les veines. L'un d'entre eux était tout juste en train d'apprendre d'un gros bélier l'usage de ses cornes – oh de toutes petites bosses à l'ombre de ses oreilles agitées – et jouait à se battre avec lui. Nous étions repus de bonheur à les observer. Et lorsque nous avons dû amorcer le retour, tout le troupeau nous a suivis des yeux, longtemps, longtemps, suspendu net dans son élan ; comme si la perte de ces témoins enthousiastes que nous étions leur ôtait toute envie de poursuivre. Aurelio leur envoya des baisers jusqu'au tournant qui nous dérobait à leurs regards.

Deux semaines plus tard, je les vis gigoter, ces agneaux, suspendus deux à deux à des gaules que les hommes portaient sur l'épaule, les ramenant au village pour le grand égorgement du samedi de Pâques.

Aurelio entendit leur bêlement plaintif avec une grimace douloureuse.

Notre quotidien vint s'enchâsser dans la liturgie de Pâques. L'église était si proche que ses cloches nous ébranlaient et ses chants nous berçaient. Les vigiles du jeudi saint et les matines du vendredi mirent le lit d'Aurelio en vibration. Le silence du samedi, troué par les explosions de pétards destinées à chasser les mauvais esprits, et fêlé par la plainte des agneaux, nous parut interminable.

Mia, dans ses multiples allées et venues entre l'église et chez nous, apportait les nou-

velles et fulminait contre les égorgeurs à
l'œuvre devant chaque maison.

– Pendant tout le carême, on n'a pas tué !
Mais voilà qu'aujourd'hui, juste aujourd'hui,
la patience craque. Un samedi de Pâques ! Le
jour le plus terrible pour la Chrétienté, le jour
en suspens, le jour de tremblement, le monde
s'effondre ! Toute espérance est bue par la
terre sèche ! Juste aujourd'hui voilà qu'ils ne
supportent plus d'attendre et se mettent à pré-
parer leur banquet comme si la Résurrection
leur était assurée ! Comme s'ils avaient reçu
un certificat estampillé : elle aura lieu !

– Mais nous l'avons, Mia, nous l'avons du
Christ, cette promesse ! Et les femmes attendent près des casseroles. Il ne faut pas leur en
vouloir, Mia ! C'est leur île, c'est leur monde,
nous sommes leurs hôtes !

Mia s'essuyait les yeux.

– C'est de cet enfant de sept ans que
j'apprends la vie.

Enroulé dans son plaid malgré la chaleur
déjà vive, des heures durant, Aurelio contemplait la mer. La manière dont son regard s'y
perdait me rendait presque envieuse. Ses yeux

ne cherchaient pas à faire du butin ; aussi, les vagues allaient et venaient entre ses cils.

Je lisais près de lui ou faisais mine de lire, ballottée par mes pensées.

Ce jour-là, il me dit :

– Chaque couronne d'écume est une vie.

Un long silence et puis :

– Tu vois l'écume des vagues ? Chaque bouillonnement d'écume est une vie. Elle surgit, s'élance, se crête, mousse et puis redisparaît, se dissout, et quand un nouveau bouillonnement surgit, c'est déjà une autre vie, une autre personne. Chaque crête se croit unique, domine un instant la vague, se plaint peut-être d'être seule ou peut-être s'en enorgueillit. Et puis hop, elle se dissout, plonge et disparaît, et de nouveau c'est une autre, et si tu ne sais pas regarder, tu peux croire que c'est toujours la même écume mais c'est sans cesse une autre qui, dans le ressac, mousse ; seule la forme reste.

Il décrivait sans se lasser ce qu'il avait contemplé. « La nuit, ajoutait-il, on ne voit plus se détacher la silhouette des uns et des autres dans l'écume. On n'entend que la mer. Toutes les couronnes d'écume sont réunies dans la même respiration de la mer. Si les hommes étaient attentifs, au lieu de se croire seuls dans la nuit, ils sentiraient qu'il n'y a plus qu'un seul bercement, qu'un seul mugissement de la mer, les différences ont cessé. »

Une longue pause songeuse et il se mit à rire :

– Impossible, chers amis hommes, d'apposer votre plaque commémorative sur une couronne d'écume !

(Il avait toujours aimé déchiffrer dans les rues de Vienne les plaques de cuivre généreusement ornées des titres à l'entrée des immeubles.)

– Cette écume est la propriété privée de Monsieur le Docteur Mouchu-Moucha, agréé et décoré des ordres du Mérite, ou le Professeur Tasch-Tisch, conseiller émérite du gouvernement.

Nous riions de si bon cœur que les larmes nous venaient.

– Certains hommes sont un peu fous. Ils se cramponnent à leurs bulles au lieu de danser dans le soleil.

Puis ses paroles cassaient net sous l'effet de l'épuisement et nous contemplions en silence les traces qu'elles avaient laissées en chacun de nous.

Peu après Pâques, il cessa de pouvoir sortir de sa chambre. Même la luminosité du jour qui dardait entre les fentes des volets se révéla bientôt trop violente. Il fallait clore les rideaux.

Le Dr Wolamis, un vieux médecin d'une île voisine qui nous rendait visite une fois la semaine et aimait dans son anglais approximatif à « philosopher » avec Aurelio, me prit cette fois dans ses bras sur le pas de la porte, me laissant longtemps respirer sur sa redingote une forte odeur de tabac et quelque effluve de Metaxa. J'avais compris.

— Tu entends les enfants jouer dans la rue ? me disait Aurelio.

— Oui.

— Pourquoi ne viennent-ils plus ?

— Ils ne veulent pas te déranger, ils savent que tu as besoin de paix et que tu es malade.

— Non, disait-il en secouant ses boucles, ils ont peur que je ne les entraîne là où je vais. Tu sais, ils ont leurs billes, leurs caisses à roulettes, leurs lance-pierres, ils ont pris pied ici. Ils ne veulent plus courir le risque de tout perdre. Je crois que je leur fais peur.

Je me taisais.

Il y avait des moments où, si j'avais ouvert la bouche, un cri en serait sorti ou une giclée de sang.

– Aurelio, je t'aime, ai-je fini par balbutier.

– Tu sais, il y a beaucoup de choses que je n'ai pas eu le temps de voir. Il y a des mots comme zèbre, antilope ou gnou que je ne verrai jamais ni hennir, ni bondir, ni galoper ; et les pays où j'ai voyagé avec le doigt de papa, je ne les verrai pas ; je ne remonterai pas en barque les grands fleuves.

Je me jetai en avant comme on saute d'une falaise.

– Non, il ne manque rien à ta vie, Aurelio. Tu as aimé et tu as été aimé. Et quand on aime et qu'on a été aimé, on est roi !

– Alors tu es reine ! s'écria-t-il.

Il rayonnait en me regardant.

A Mia qui venait d'entrer avec son thé, il lança :

– Mia, je t'annonce que maman est reine !

Et désormais quand il parlait de moi à Mia, il disait « ma reine ».

– Mia, quand ma reine sera devenue très

vieille, si je ne suis pas là pour prendre soin d'elle, tu dois promettre que tu porteras sa canne et que tu lui tiendras le bras les jours de verglas à Vienne.

– Mais j'ai quinze ans de plus qu'elle, Aurelio. J'aurai beaucoup plus vite fait qu'elle d'être vieille !

Il prit l'air sévère.

– Ça, Mia, tu ne dois pas te le permettre !

Ce soir-là, il fut pris d'un frisson. Une peur soudaine l'habitait.

– Et pourquoi ne viens-tu pas avec moi ?

– Mais je suis avec toi.

– Non, là où je vais...

Je n'avais pas cessé de me le demander chaque jour depuis que l'échéance me serrait le garrot.

D'autres mots me furent dictés :

– Si nous étions la même personne, je ne pourrais pas te tenir la main, ni te caresser le front, ni te donner à boire. C'est par miséricorde que Dieu ne nous a pas donné un seul corps pour nous deux. Il nous en a donné deux pour que je puisse te porter, te serrer dans mes bras et t'embrasser. Chacun a son chemin, même si tous les chemins pour finir se rejoignent. Et c'est parce que je t'aime, Aurelio, que je te laisse avancer seul.

Cette réponse qui me crucifiait lui convint.

Il eut un sourire d'ange et acquiesça après un long silence :

– Oui, je saurai aller seul.

Je sortis pleurer dans la nuit. Mia me remplaça auprès de lui.

Je pris mon visage dans mes mains et mes larmes, trop longtemps retenues, coulaient le long de mes bras. Je finis par m'asseoir au bord de l'eau sur la saillie d'un mur. Je grelottais. Soudain, tel un grand chat noir sous la lune, une vieille femme fut auprès de moi. Un visage de roche ravinée sous son fichu d'ombre. Elle prit place sur la murette. Je cessai de sangloter. J'hésitai, je balbutiai trois mots de grec. Des larmes qui brillaient au bord de ses yeux se mirent très vite à déborder, à se transformer en torrents. Elle pleurait tous les morts et tous les vivants. Moi. Elle. Sans un geste. Sans un mouvement. Sans un spasme. Une statue de détresse et de pierre. Je me regardais en elle comme dans un miroir, ne sachant plus si je rêvais, qui était elle et qui était moi, clivée, étrangement paisible. Long-temps je la regardai pleurer. Puis ses larmes tarirent. Elle se leva et s'éloigna sans un mot, sans un geste, sans un regard.

Je rentrai chez nous.

Aurelio agonisait.

Ses yeux ouverts étaient injectés de sang.

Il demanda tout bas :

– Tu m'appelles ?

– Non, Aurelio, je suis là près de toi.

Mia se pencha vers mon oreille :

– On l'appelle !

Deux fois il répéta sa question. A la troi-sième, c'est Mia qui lui murmura à voix basse :

– Aurelio, si on t'appelle encore une fois par ton nom, dis simplement : me voici !

Il montra d'un petit battement de paupières qu'il avait entendu.

Il esquissa un mouvement comme pour se redresser, voulut parler. Lentement sa main glissa de mon bras.

Cinquième nuit

Souvent, adolescente, je suis restée hypnotisée par ces grandes fresques de la Renaissance italienne où, au sommet du tableau, trône en majesté le Dieu du Jugement dernier.

D'un côté, dans une ascension aérienne et glorieuse, montent les élus. De l'autre, la chute des damnés.

Une chute qui ne s'écrase nulle part, ne se soulage pas en se fracassant sur quelque fond. Une chute que la miséricorde d'aucune fin ne suspend. Hallucinante dégringolade, culbute obscène, membres désarticulés, têtes que tord l'effroi, tout est détresse et cri, anéantissement refusé qui s'étire loin, loin, comme un filet de bave.

Cette horde de maudits, que même la pesanteur a trahie, tombe dans l'interminable exil des galaxies, bannie, vomie, hors de portée de l'attraction des planètes, lâchée de toutes parts, lâchée !

Ainsi depuis la mort de mon fils, je tombais.

Nous étions rentrées à Vienne.
Nous avions enterré Aurelio.

Je me revois près du caveau familial – ou n'est-ce pas la narration de Mia que je reproduis ? – devant la porte de fer blasonnée, entre les figures de granit, deux grandes silhouettes voilées et éplorées qui la flanquent, en tout semblable à elles. Le flot des condoléances coule devant moi. Je ne reconnais pas les visages. J'entends les mots, pas le sens. Parfois je crois percevoir le désagréable cliquettement d'un cerveau-moteur qui tourne à la recherche de l'impossible formule. De quoi me parlent tous ces étrangers ? Je ne suis pas en mesure de faire vers eux le pas qui crée la relation. Leurs paroles descendent en piqué sur une vitre épaisse et s'y écrasent. Parfois quelqu'un me prend de force contre sa poitrine et m'arrache un sanglot mécanique.

J'ai été morte au cœur de cette vie.

En toute vérité, je peux dire que j'ai été morte et que je le demeurai longtemps.

Tout ce que j'avais su autrefois, tout ce que j'avais tendrement chéri, honoré au plus profond de moi, tout avait disparu dans le maelström de la mort.

Une fine poussière recouvrait toute chose, rendant toute nourriture insipide, toute eau nauséabonde. Et toujours entre les dents, cette cendre crissante.

Je n'allais nulle part. Je ne voyais plus personne. J'étais comme une bête malade. Je craignais les mots qu'on ne manquerait pas de me dire. Ils étaient comme des mouches qui vont droit à la plaie et au sang. Quand ma mère se hasardait jusqu'ici, je la suppliais : « N'abordez aucun sujet... vous savez... ne dites rien... ne parlez pas de... vous savez ! Parlez seulement de votre santé... de vos amis... vos projets de voyage... et même si je n'arrive pas à écouter, votre voix, votre voix, si vous ne dites rien de... toutefois ! me fera du bien. »

Elle était belle, émouvante, impuissante, assise ainsi auprès de moi. Il me semblait la voir chercher désespérément dans son expérience de vie, comme si l'expérience de vie était un secrétaire de dame à la marqueterie savante et qu'il fallait à tout prix trouver le tiroir secret où la manière adéquate de se comporter nous attendrait, écrite sur un papier plié en quatre.

Mais elle respectait ma consigne et j'en éprouvais de la gratitude.

D'autres vinrent, que je suppliai de même de ne pas parler et qui me clouaient au pilori par leurs tentatives maladroites.

Mais de plus en plus souvent, on se contentait de demander de mes nouvelles à Mia derrière la porte close de l'office. Plus personne n'osait vraiment m'approcher, comme on hésite à approcher un chien fiévreux dont les réactions imprévisibles font peur.

Seule Mia savait d'instinct que toute consolation est une injure dans la virulence du deuil. Elle attendait, elle était présente. C'est tout.

La cruauté de ce que je vécus alors, je ne l'avais jamais approchée avant et je ne l'ai plus approchée depuis. Je connus nuit après nuit la formidable force aspirante du désespoir, son irrésistible pouvoir de succion. Je devins comme un entonnoir où s'engouffraient de toutes parts négativité et détresse. Mes insomnies balayaient les rivages de la nuit et dans leurs filets se prenaient tous les débris, toutes les épaves, tous les noyés gonflés d'eau.

En résonance avec la guerre qui faisait rage en moi, me revisitait la guerre que j'avais vécue enfant. Et alors que je l'avais traversée avec l'évidence de l'enfance et étonnamment sans terreur, elle venait maintenant me harceler sans répit. Pour éloigner de moi l'insupportable déferlement des images, il m'arrivait, assise dans mon lit, de monologuer tout haut, jusqu'à ce que les larmes m'étouffent.

« Un cauchemar, la guerre ? Est-ce encore un cauchemar lorsque des millions de dormeurs font le même – ou n'est-ce pas simplement alors la réalité ? La réalité ? Non. Non, certes pas ! Si elle avait vraiment eu lieu la guerre, tout aurait été transformé. Tout ! Les survivants seraient devenus autres, après la violence du choc ; c'est l'évidence même. Leur cœur aurait saigné. Ils seraient devenus comme une immense famille en deuil. Dans les rues des inconnus se seraient pris dans les bras et auraient pleuré ensemble. Un seul et grand bercement aurait rempli toutes les villes d'Europe. C'est bien évident. Si la guerre avait vraiment eu lieu, on n'aurait pas pu retourner à l'indifférence, se cramponner à la queue des pioches et des marmites, fermer les portes à double tour ! La preuve que la guerre n'a pas eu lieu c'est que les peuples ne sont pas tombés à genoux, n'ont pas déchiré leurs vêtements, ne se sont pas couverts de cendres en signe de deuil, pour qu'un jour, un jour la vie puisse recommencer ! Comme tout cela n'a pas eu lieu, il faut l'admettre : ce fut un cauchemar ! Non, mieux : ce ne fut qu'un cauchemar ! Mais un cauchemar que tant de millions et de millions partagent, est-ce encore un cauchemar ? N'est-ce pas déjà la réalité ? Tu deviens folle, Livia, folle ! La guerre a eu lieu et *elle n'a plus cessé* : voilà la vérité. Comme pour l'iceberg, il y a la partie qui dépasse – et qu'on appelle par convention la guerre –, la part visible de la guerre. Et puis il y a la part invisible, la plus importante, huit dixièmes au moins de toute la masse, et c'est cette part invisible de la guerre qu'on appelle la paix, *la vie normale*. Voilà la vérité, la voilà ! L'état *normal* de ce siècle hideux, c'est la guerre. Et c'est pour cela qu'Aurelio n'a pas tenu à rester là, c'est pour cela... »

Nuit après nuit, le hurlement qui résonne sans fin sur cette terre emplissait ma chambre. Lorsque l'épuisement m'ôtait la conscience un moment, je ne tardais pas à être arrachée de cet état cataleptique par des sons aigres soufflés dans des trompes : des hérauts au bec d'aigle, noirs dans leurs armures, m'annonçaient la mort d'Aurelio. Et j'étais livrée de neuf à la cruauté des mémoires.

Des grenades que j'avais crues dégoupillées depuis si longtemps m'explosaient aux yeux.

Je vécus l'exécution de Friedrich selon le récit qui en avait été colporté à Vienne par mes tantes. Et bien que cet épisode n'ait jamais exercé de pouvoir sur moi, face à l'icône de l'inoubliable rencontre de novembre 44, je m'y trouvai soudain projetée.

Dans la nuit du 23 avril 1945, seize détenus de la prison de Moabit, sous prétexte de changer de geôle, traversent à Berlin les champs de ruines entre la Lehrerstrasse et la gare de Potsdam, encadrés d'une troupe de SS. Il pleut. Soudain, des ordres retentissent. On les aligne, on les tue d'un coup de pistolet dans le cœur.

« Dépêchez-vous ! Il y a encore du boulot avant le lever du jour », jappe le SS Sturm-führer. Un jeune communiste qui survécut à son exécution et fit le mort rapporta ces mots et autres détails.

Dérision suprême : vingt-quatre heures plus tard, l'armée d'occupation soviétique encer-clait le quartier, ouvrait les prisons de la Ges-tapo !

Avait-il eu le temps, Friedrich, mon père secret, malgré la pluie et la fumée qui montait des ruines de la ville, de respirer la nuit ? Oh, le temps d'un hoquet, le temps de trébucher dans la boue... La rage devant cet assassinat obscène et imbécile m'étranglait. Mes larmes étaient de vitriol et me défiguraient.

Je revis aussi mon oncle Arnold, un frère de ma mère dont l'entrain, la corpulence et l'humour avaient enchanté mes étés d'enfant à Gottenstein. Il fleurait le miel de son tabac hollandais et rendait toutes les femmes heu-reuses sauf, pour les raisons que l'on devine, la sienne. Je revis son sinistre retour du front russe au manoir de ma tante ; deux jeunes sol-dats éclopés et en loques le tiraient dans une

poussette d'enfant récupérée sur les routes de
la débandade. Il y tenait tout entier : un chat
écorché, fou d'épouvante, un fantôme recroquevillé. Il n'y eut d'abord que ses chiens pour
le reconnaître : ils s'écrasèrent au sol en
gémissant. On ne put même pas le coucher
dans un lit. Il resta accroupi, ramassé sur lui
comme un animal au ventre déchiré ; sans un
mot, les yeux grands ouverts sur de l'effroi ;
jusqu'à ce que la mort le délivre.

Je revis Ferdl, le cocher de mon grand-père.
Ou plutôt je l'entendis comme autrefois quand
ses allées et venues dans la chambre mansar-
dée au-dessus de nos têtes nous obsédait.
Ruant de la douleur d'une amputation mal cau-
térisée, les nerfs à vif, il rythmait de sa jambe
de bois un morse de détresse.

Et la femme qui dans le taxi de Berlin portait sur les genoux les restes calcinés de sa
fille vint aussi poser son paquet à côté de moi
en m'implorant d'en prendre soin et de surtout
renouer le ruban rose qui s'était défait.

Ils accouraient tous.
Mais je ne pouvais rien pour eux.
Autant, autrefois, dans ma force aimante,

j'avais su, de mes mains nues, ouvrir les pièges
à loups où se débattaient les mémoires san-
glantes ; autant, autrefois, j'avais su bercer sur
mon cœur quiconque m'approchait ; autant,
maintenant, je ne pouvais rien pour personne.
Le poids de mon désespoir s'ajoutait au poids
du leur. C'est tout. Tous les fantômes de ce
siècle hideux me rejoignaient sur ma couche.

Que le désespoir puisse être bon à quelque
chose, qu'il puisse agir comme une catharsis,
je pourrais y croire aujourd'hui si je ne l'avais
pas vécu avec une pareille virulence, si je
n'avais pas dû reconnaître qu'il ne faisait que
couler du plomb dans le plomb du malheur
existant, l'aggravant, l'alourdissant encore.
Oui, j'aurais pu croire que le désespoir total
conserve un sens si je n'avais pas vécu sous
son emprise abominable, si je n'avais pas été
forcée de constater qu'il est la trahison ultime
que commettent les vivants contre les morts.

Le monde ne me reflétait plus que le désordre dans lequel j'étais tombée.

Sixième nuit

Je ne sais plus au juste qui me persuada de rendre visite au père Aegidius, un jeune moine dont les talents de prédicateur séduisaient Vienne cette année-là. Son couvent se trouvait à quelques rues de chez nous.

Un convers me conduisit par un dédale de couloirs glacés jusqu'à son bureau. Une pièce impersonnelle et grisâtre. Les mêmes ordres religieux qui aux siècles passés eurent recours aux plus prestigieux architectes semblaient soudain juger blâmables la beauté et l'harmonie.

Le père Aegidius, jeune homme de belle prestance, m'accueillit avec courtoisie, évoqua nos relations communes. J'eus soudain peur de le voir dénouer pour moi un paquet de phrases disponibles dans le registre « enfant, mère, deuil ». Je me rétractai. A peine installé dans son fauteuil face à moi, il commença en pesant chaque mot : « Je sais la souffrance cruelle qui est la vôtre. »

Je bondis aussitôt et l'interrompis : « Père Aegidius, vous avez trente-cinq ans tout au plus, je présume que vous n'avez pas eu d'enfant, ni n'avez d'ailleurs la possibilité physiologique d'en porter un dans vos entrailles. Je ne crois pas que vous sachiez quelle souffrance est la mienne... »

Je fus surprise de l'effet de mes paroles. Il eut un instant au regard cet égarement qu'on voit dans les yeux d'un enfant ou d'un animal injustement pris à partie. Je m'en voulus de ma véhémence. J'ajoutai :

– Je ne doute pas qu'une part de vous ne soit capable d'entrer en résonance avec mon désespoir mais ce n'est pas celle qui a parlé !

Il me regardait, interloqué. Qu'il pût tolérer ce hiatus sans brandir aussitôt des banderoles lui gagna ma sympathie. Ma voix s'adoucit :

– Je viens auprès de vous sans savoir pourquoi. A la vérité, ce que je redoute le plus est que vous tentiez de me consoler d'un mal dont comme moi vous ignorez tout. Ce que j'espère de vous, je l'ignore encore.

Il se tut un moment, les yeux fixés sur ses mains ouvertes. Puis me regardant :

– Vous avez raison. Je ne peux sans doute rien pour vous. Mais vous pouvez quelque chose pour moi.

Cette volte-face me toucha.

– Vous pouvez me faire entrevoir ce qu'est la souffrance d'une femme pour son enfant mort.

Je butai sur ces derniers mots.

– Je crains de ne pouvoir répondre à votre attente. Vous me demandez de vous parler de la souffrance d'une femme devant un enfant mort – et je ne connais que celle de Livia devant la perte d'Aurelio. Vous avez charge du collectif et du général. Je ne connais que le singulier.

Mon cœur battait. Une mémoire ancienne et douloureuse m'avait reliée à l'Eglise de ma jeunesse où l'expérience singulière ne faisait jamais le poids face à la catéchèse et devait toujours capituler devant le dogme rédempteur hissé en toute hâte comme un drapeau. J'avais saisi là le pan d'une souffrance apathique et terne que je n'avais pas identifiée jusqu'alors et qui traînait en moi depuis bien longtemps ses savates. Je ne le lâchai plus.

Mes yeux rencontrèrent une revue ouverte

sur la table et titrée *L'Aide aux enfants du monde*. Je pointai mon doigt.

– Voyez-vous, père Aegidius, nos écoles de vie sont diamétralement opposées. Vous avez à charge tous les enfants du monde. Mais laissez-moi vous dire : il est incapable d'affronter le malheur de tous, celui qui n'a pas rencontré dans chacune de ses fibres le malheur d'un seul. Aussi longtemps que vous vous préoccuperez de tous les enfants du monde et que vous ferez un grand détour autour de l'unique rencontre d'un enfant unique, construite jour après jour, mois après mois, année après année, vous ne comprendrez pas de quoi vous parle la femme que je suis. La charnière la plus secrète autour de laquelle tourne le monde est bien la relation qu'une seule vie entretient avec la vie entière. Une seule vie donne accès à tout. Mais le *tout*, pratiqué seul, ne donne accès qu'à une gestion administrative, sans obligation ni engagement. La charnière, oui, la charnière, qui relie l'entière création à une seule vie, voilà l'unique mystère sur cette terre qui mérite notre attention passionnée, notre vénération. L'amour reste inaccessible à celui qui ignore l'existence de la charnière. Vous voulez savoir vraiment ce que fait de moi la

mort de ce fils ? Vous le voulez vraiment ?
Vous le voulez encore ? Eh bien je vais vous
le dire. De toutes mes plaies coule le sang noir
du non-sens et de l'absurde. Je me vide.
Connaissez-vous le chant des mères africai-
nes ? « *Donne-moi un enfant pour m'engendrer ! Un enfant pour me mettre au monde !* »
Oui : un enfant pour m'engendrer, un enfant
pour me mettre au monde ! Voilà ce qui a lieu,
pas le contraire. L'enfant engendre sa mère.
Sans l'enfant, elle reste orpheline de père et
de mère ! Vous ne pouvez savoir quelle plaie
sa mort a ouverte et qui continue de saigner.
Vous ne le pouvez pas. Cet enfant tenait le
monde ensemble. Et depuis sa mort, le monde
se délite et se défait. Je sais bien sûr que je
suis seule à l'avoir remarqué. Et pourtant,
accordez-moi un instant de croire à la réalité
de ce que je vous décris. Car elle est vraie
quelque part – et beaucoup plus près de vous
que vous ne le soupçonnez ! Peut-être un des
pieds de la chaise sur laquelle vous êtes assis
est déjà au bord même de l'abîme que sa mort
a creusé. Père Aegidius, regardez-moi ! Si
nous ne croyons pas, vous et moi, que la mort
d'un seul enfant désaxe le monde, si nous ne
pensons pas ensemble, vous et moi, que de

chaque chair engendrée partent toute l'espérance et toute la désespérance, que la mort d'un seul anéantit le monde et que la naissance d'un seul le crée de neuf, alors il est temps de fermer cette boutique que vous et moi appelons l'Eglise. Il est temps !

Depuis un moment, je voyais la pâleur de son visage mais une force était en moi, invincible, et l'éboulis qu'elle avait provoqué ne se laisserait pas arrêter avant le fond de la vallée.

– Peut-être avez-vous cru, père Aegidius, échapper au singulier dans le collectif du couvent, et vous serez exaucé si Dieu n'a pas de visées sur vous. Au cas contraire et si vous vous trouvez appelé, le Un vous rattrapera dans le face-à-face le plus implacable et le plus incandescent ! « Un autre te mènera et te conduira où tu ne voulais pas aller », dit Christ à Pierre. Un autre fera irruption. Un – Un seul – et te déchirera le cœur, le tiendra écartelé pour que le tout y ait place pour finir ! Un seul ! Voilà le message que l'Eglise a mis sous scellés. C'était le message du Christ ! Et toute institution le réduit à néant !

Je m'étais mise à trembler de tout mon corps. La voix me manqua. Les larmes jaillirent de mes yeux, claires, vigoureuses, coulèrent jusqu'au coin de mes lèvres, se laissant boire.

Le père Aegidius avait perdu toute sa superbe. Ses lèvres étaient blêmes. Sur son visage soudain marqué se dessinait la vérité qui serait sienne un jour quand le temps aurait fini de le buriner, de le raviner, l'aurait enrichi des stigmates du non-savoir et de la détresse, l'aurait rendu porteur d'une lumière secrète. En un instant je pus le rejoindre où il serait un jour et lui rendre en silence hommage.

– Merci, lui dis-je en me levant lentement.

Il m'accompagna à la porte, prit mes mains, les porta à ses lèvres.

Je lui demandai sa bénédiction.

Il me la donna.

Puis il murmura :

– Vous m'avez labouré. Je ne cours pas le risque de vous oublier.

En une heure, le temps de ma visite au père Aegidius, la ville avait changé. La population de silhouettes grises qui la hantait depuis des mois avait été remplacée par une autre. Ces gens avaient des visages d'hommes, des visages de femmes, des visages vieux, des visages jeunes et parfois des yeux auxquels on pouvait un court instant frotter son propre regard pour produire une flamme. Le trottoir ne plombait plus les pieds. A chaque pas m'attendait un ressort neuf qui me propulsait plus loin. La marche jouait avec moi, m'emportait. J'eus bientôt descendu la Rotenturmstrasse. Parvenue au quai Franz-Joseph, j'hésitai un court instant à traverser le pont du fleuve avant de m'élancer. Je quittai le vieux centre-ville qui m'était devenu étroit et j'arrivai sur l'autre rive dans un quartier populaire que je ne connaissais guère. J'entrai dans le premier troquet venu et m'assis à une table. Je commandai au gargotier « Ein Kapuziner [1], bitte » et plongeai sans hésiter dans la tiare de crème chantilly dont ici on coiffe tout sans vergogne. Je regardai autour de moi. J'étais comme dans l'eau glauque d'un aquarium. Je finis par distinguer à la table voisine une paire d'yeux insistants, rougis par la fumée. J'entendis marmonner dans un dialecte épais qui m'enchanta : « Quand on est aussi bien foutu, on n'a pas de soucis. »

Je n'eus pas de peine à constater que mon

---

1. Sorte de café au lait.

admirateur avait bu et je repliai sous mon séant mes jambes qui l'intéressaient exagérément avant de répondre en riant : « Quand on a aussi bien bu, on n'a pas de soucis non plus. »

Mais il insistait : « Même ivre mort, je ne serais pas aveugle à votre beauté. »

– Vous êtes du quartier ? demandai-je.

Il hésita à abandonner le ton du hâbleur et à répondre pour de bon ; sa physionomie s'assombrit, et s'agrippant à son bock de bière, d'un ton soudain neutre :

– Non, je rentre chez moi au Waldviertel. Je suis venu voir *la* femme.

– Ah, votre femme ?

– Oui, la femme. Elle est à Mauer-Öhling[1].

– Elle est malade ?

– Oui... non... Elle est folle.

Il tenait les yeux baissés, grattant d'un doigt un accroc de la toile cirée.

– Elle est allée déterrer le fils au cimetière... Dix-huit ans... il s'était fichu dans un arbre avec sa motocyclette... elle est allée la nuit avec sa brouette, le pic, la pelle... Elle a dit : j'y vais. Le fils, je le ramène à la maison. Elle y est allée, même qu'elle y a mis du temps,

---

1. Clinique psychiatrique, à Vienne.

mais elle l'a sorti du trou ! Toute seule elle l'a sorti !

– Elle a fait ça, la femme... ai-je balbutié.

– Oh c'est qu'elle est forte ! Pour ça oui ! Elle soulève aussi sec que moi, même la vache qui est tombée dans le silo... elle est forte, la femme.

– Elle a fait ça...

– Même qu'elle l'a ramené à la maison en pleine nuit, et qu'elle l'a assis dans la cuisine sur la chaise. C'est la voisine qui a appelé les gendarmes. Ils sont venus. Quatre ils étaient et des gaillards ! Pour la faire monter dans la voiture, il fallait voir ! Maintenant elle bouge plus dans son lit... ils l'ont piquée... et le petit, ils l'ont remis dans le trou... ça c'est normal... le petit... le petit...

Il s'était mis à pleurer sans se protéger de ses mains, le visage ouvert et nu.

Je bégayai : « Elle a fait ça, elle, elle a fait ça... »

J'entendis battre mon cœur à tout rompre.

Une autre vie m'avait rejointe, avait arraché de son déferlement les barricades de ma claustration.

Je balbutiai : « Elle est allée jusqu'au bout... la femme... jusqu'au bout... »

Mon corps entier brûlait. Un moment, ce troquet malodorant m'apparut un temple dans la pénombre.

– Jusqu'au bout...

L'homme sans âge a sorti une poignée de pièces de sa poche et les a lâchées sur la table. Sa maladresse à saisir la monnaie, l'énormité de ses mains, l'épaisseur de ses doigts, tout m'allait au cœur et m'emplissait pour lui d'un amour sans limites.

Il a tenu à m'offrir mon café.

– Laissez, laissez ! C'est pas tous les jours qu'on rencontre une femme comme vous !

Quand il partit en chancelant après nos adieux, je le suivis longtemps des yeux. Deux fois il se retourna. Deux fois j'agitai ma main. Les cercles de fer qui depuis si longtemps enserraient ma poitrine s'étaient descellés. Je regardai autour de moi, l'œil hagard, comme si je m'attendais à trouver sur le trottoir leur fer tordu et rouillé.

Cette nuit-là, je fis deux rêves.

Dans une ville vaguement japonaise ou chinoise, je suis invitée à une réception et je dois parler des artistes de la Sécession viennoise.

Les rues grouillent de monde et je me torture le cerveau à souder ensemble les phrases que je vais devoir dire. Tout en marchant, ballottée drue par le flot des passants, je fouille dans mes poches à la recherche du papier où j'ai noté l'adresse du lieu où je dois me rendre. Impossible de le trouver. Je finis par sortir de ma poche un lambeau humide couvert de signes indéchiffrables. Je me ravise. Le plus simple est de retourner à l'hôtel et d'y chercher conseil. Mais une consternation m'assaille : je ne connais plus le nom de l'hôtel, et je n'ai le souvenir d'aucun repère. Tenter de me souvenir de mes pas dans le dédale de fourmilière où toutes les rues se ressemblent et se déversent les unes dans les autres se révèle sans espoir. Je suis bel et bien perdue. Ma gorge se serre. Le flux des passants continue de m'entraîner. Peu à peu le paysage urbain se modifie, vire vers d'autres senteurs, d'autres contours, d'autres couleurs. Des yaks chargés de bambous et de grandes gerbes d'osier se fraient passage dans la foule. Les gens m'apparaissent plus vivants, certains souriants même. Leurs têtes flottent sur les épaules, balancées de droite à gauche et de gauche à droite par un roulis, leurs bras sont souples

et animés. Il semble que toutes les vis aient
été desserrées, que les mouvements naturels
aient repris leurs droits. Mon intérêt grandit à
observer cette animation générale, la vivacité
des couleurs, des rumeurs, des appels lancés.
Et peu à peu je m'aperçois que l'imprévisible
a eu lieu. Me voilà presque bien dans la
conscience que j'ai d'être perdue. Le fiel en
est sorti. Voilà qu' « être perdue » m'enveloppe
et prend soin de moi. J'y suis à l'intérieur
comme à l'abri. Ce qu'il y avait le plus à
craindre est arrivé : je suis perdue. C'est déjà
fait ! Quelle tranquillité soudain ! L'accord est
donné ! Je me laisse être perdue sans retenue
et sans vergogne. Cette douceur ! N'importe
quelle vie fait désormais l'affaire ! Il n'est plus
nécessaire de se cramponner à l'anse de son
propre panier, de sa propre histoire. La route
s'invente toute seule à tout instant et où elle
veut, serpente entre les attroupements de gens,
d'arbres et de bêtes.

Je me réveille dans du miel.

Beaucoup plus tard je me rendors.

A peine suis-je emportée par la vague du
sommeil qu'il est devant moi !

Un superbe adolescent, un archange jailli droit de la sève des dieux, les cheveux en désordre sur les yeux et les épaules, et dans ses yeux ardents, une sainte colère.

Je pousse un cri :

– Aurelio !

Son regard s'apaise à ma vue, se voile de douceur. Sa voix est ferme :

– Ton désespoir m'a retenu trop longtemps ! Maintenant que j'ai grandi, je m'en vais !

Un ruissellement ininterrompu de tremblements me parcourt, jusqu'au bout des cheveux et des cils, jusque sous les ongles des pieds.

D'un geste il me montre un désordre au fond de la pièce. J'y distingue dans la pénombre son cercueil ouvert ; le couvercle en a glissé sur le côté.

– Il est devenu trop petit pour moi. Je dois m'en aller.

Je crie :

– Va, va, Aurelio, va !

Une fulgurance me déchire :

– Mais ne pars pas sans m'avoir bénie.

Il s'arrête. Il tient le doigt levé dans le geste arrondi et plein de tendresse du *Saint Jean* de Léonard de Vinci, la saignée du bras nu à hauteur du cœur et ce même sourire. Puis il ferme les yeux dans une concentration aiguë. Je peux sentir dans la résonance de mon corps l'effort immense qu'il fournit pour envoyer dans sa main un flux qui lui rende sa chair et sa matière. Et j'ai soudain sur la tête le poids de sa main vivante.

Je perds conscience.

Je dérive dans un ruissellement d'étoiles.

Quand je reviens à moi, il a disparu.

Septième nuit

« La nuit, je t'envelopperai
du manteau de la gratitude et
de l'amour
et si tu cherches mon visage
tu le trouveras entre ton œil et
ta paupière. »

Annemarie SCHIMMEL.

Hier soir, en venant chercher Milena, une amie de jeunesse, à la gare du Sud, j'allais et venais, curieuse de tout dans le grand hall d'entrée. Soudain je reconnus Adam Z, un ami polonais d'Andreas, avec qui nous avions voyagé à Saint-Pétersbourg il y a plus de vingt ans.

Je n'avais pas oublié son humour ni sa passion sans illusion pour Catherine II de Russie. Il avait vieilli Dieu merci, et lisait avec sérieux le bulletin des horaires. Je goûtais un long moment le plaisir qu'il y a de considérer avec aménité quelqu'un qui ne vous a pas encore découvert. Je me pris à ce jeu malicieux et, me faufilant derrière lui, je posai mes mains sur ses yeux. Après un léger sursaut, je le sentis qui se ravisait, prenait goût à cet impromptu, m'offrait son dos. Comme je ne bougeais ni ne disais un mot, c'est lui qui commença de parler de cette voix chaude et grave dont j'avais gardé le souvenir. Je tendis l'oreille.

– Madame, chère Madame... puisque la chaleur de vos seins, la finesse de vos doigts ne permettent aucun doute... j'ai une immense faveur à vous demander... Si je me retournais, je ne manquerais pas de vous reconnaître, nous causerions un moment ensemble en y prenant certes plaisir... Mais imaginez un seul instant que je ne me retourne pas et que je reste les yeux clos tout le temps qu'il vous faudra pour disparaître dans la foule, pouvez-vous sentir la différence... pour vous... pour moi... inoubliable...

Je détachai doucement les mains et me laissai emporter en direction des quais par le flot des voyageurs.

Loin de fuir le monde, je m'y suis installée au plus dense, au plus dru.

Un goût immodéré de vivre ne me quitte plus. Une acuité, une vacuité joyeuse m'ont libérée de moi. En cessant de ne me prendre que pour Livia, je me suis enfin perdue et retrouvée dans tout ce qui est et dans tout ce qui respire.

Les verrous ont sauté. La vie me visite où, quand et comme elle l'entend.

Les rencontres ont désormais une saveur d'épiphanie.

Le réflexe ancien qui consiste à vouloir attacher à notre sort les êtres qui nous émeuvent s'est mystérieusement dénoué. Je rends hommage à la plénitude de chaque instant.

Et de même que la corde du luth ne résonne que tendue entre la clef et le chevalet, notre vie ne donne sa tonalité que tendue entre deux supports, deux présences aiguës. Le lien qui se crée chaque fois de neuf ne relie plus deux personnes l'une à l'autre mais chacune des deux à la Présence – et en chacune des deux, le connu à l'inconnu, le visible à l'invisible, l'instant à la pérennité.

J'ai parcouru le monde – et partout où il m'a été donné de faire halte – sur le pont des navires, sur les banquettes de cars déglingués, sur les terrasses de cafés, sur les marches des temples et des sanctuaires, entre les ballots des quais de gare, dans le foyer des hôtels – j'avais rendez-vous. Tantôt porte-parole, tantôt porte-silence et témoin, j'accueillais le récit de proches ou d'inconnus, je leur donnais le mien. Des bribes, des poussières d'étoiles. Et chaque fois j'ai pu voir cette métamorphose des corps et des visages quand une parole qui n'a plus où aller trouve une oreille, quand un regard démâté, fuyant, jette l'ancre dans un regard hospitalier. De tous les miracles qui ont jonché ma route, le plus grand m'est apparu ce qui se tisse entre deux êtres quand leurs trajectoires se frôlent. Car Celui qui est et tient le monde entre ses mains a choisi d'agir sur terre par la seule entremise des vivants – dans ce hiatus incandescent qui les sépare et tout à la fois les unit.

Entre deux voyages, pour un temps, me voilà rentrée à la maison.

Une légèreté est sur toutes choses.

La vie s'est affinée. Ou est-ce la conscience de la vie ?

Je suis sortie de l'amnésie qui me faisait prendre la mort pour de la mort.

Les portes de la destruction et de l'aveuglement sont closes.

Voilà que je découvre à nouveau le délice du sommeil, son éros diffus et délicat, le grattement furtif d'un orteil sous la couette, la glissée du drap sur la nudité de l'épaule.

Je m'attarde entre les rives au milieu de ce fouillis de failles dans lequel la conscience alarmée par la sonnerie du réveil se rétracte et vient fouir ; dix fois rappelée à la nécessité de se lever, dix fois rendue à la déliquescence.

Vie et mort. J'ai retrouvé le *oui* qui accueille tout et qui n'appelle rien de ses vœux.

Et quand à l'heure fixée, l'ange énergique du réveil recevra de l'ange de la nuit le discret signal qu'il n'est plus utile d'activer les poulies ni de hisser le dormeur jusqu'à hauteur du jour, commencera l'ample dérive de la mort.

Simplement.

J'ai fait connaissance des nuits simples.

Délectables.

Des nuits sans rêve particulier.

Des nuits où personne ne cogne à votre porte ni à votre mémoire, où aucun klaxon, aucun téléphone ne raie le silence.

Sur l'accoudoir d'un fauteuil, reposent les vêtements du jour, qui conservent le galbe des formes, la bosse d'un coude ou d'un genou, prêts dès l'aube à vous revêtir de votre époque, à vous dater sans transition.

Mais la nuit, elle, ouvre les vannes du temps. Réservoirs et citernes se vident. Toutes les nuits de la vie se rejoignent à notre insu et forment un seul et immense océan de nuit.

Aussi m'arrive-t-il d'entendre, à côté d'une porte claquée ou du grincement du dernier tramway à minuit, des rumeurs anciennes : la bassine que la cuisinière vide par la fenêtre et qui arrache au chat aspergé un miaulement rageur... une botte qu'un domestique décrotte longuement au racloir avant de franchir la porte de service. Un aboiement... le chien du garde-chasse, des bruits d'été à la campagne autrefois ; ou soudain les longs cris stridents que d'heure en heure s'adressent les bergers du Radjpoutana pour se donner du cœur quand rôdent et braconnent les grands fauves. Mon corps en vibre comme alors sous la tente.

L'âge et les distances appartiennent au jour qui comptabilise, coche et dénombre. La nuit me laisse sans âge et sans carte routière.

D'elle à moi, pas de limite.

Le monde est intact. Quelle humilité cela requiert d'accepter pareille révélation, de suspendre le tourniquet des indignations et des accusations ! Le monde est intact. Quelle humilité pour le rejoindre ! Les cloches du couvent que je n'entendais plus depuis des années vibrent au loin ; si loin qu'elles semblent sonner dans une autre ville dont le nom m'est inconnu.

Délice d'une nuit simple !

Ainsi cette nuit s'est approchée de moi d'un pas glissé, confiant. L'envie de faire quelque chose, de lire une lettre, de fureter dans un tiroir m'a quittée tôt. Mon lit dont une main attentive a rabattu un coin de drap vient à ma rencontre comme une barque sous la lune.

Tout semble prêt pour la traversée, et pas une once d'appréhension. Quelque chose est préparé là depuis le début des temps pour m'accueillir.

C'était autrefois l'instant où on se mettait à genoux au pied du lit ; à peine les lèvres s'entrouvraient-elles que les mots de la prière sortaient en trombe comme tout un troupeau de moutons lorsque cède le portillon de la bergerie. On faisait très vite pour se glisser sans tarder sous les draps. Et c'était ce retardement même qui haussait d'un cran le délice de la plongée. Plus tard, on expédierait la prière dans un marmonnement au moment d'entrer dans le lit. De ce brouillage entre prière et coucher ne naîtrait rien de bon, la perte serait double : pas de bénédiction et pas d'introït. Des années plus tard encore, la prière même serait omise. Ne resterait qu'une zone grise de l'à-peu-près ; on entrerait en nuit dans les derniers essoufflements de la course du jour, emportée sans connaissance d'un versant à l'autre. Bête traquée.

Mais dans les nocturnes de la vraie vie comme aujourd'hui, je me tiens tranquille sur l'embarcadère. Il n'y a rien à faire de particulier. Rien. Le jour fond, se dilue. Entre les fentes de l'ombre la dernière clarté a coulé. L'instant prend la durée, comme on dit d'une barque qu'elle prend l'eau. Tout devient dense. Danse.

Je peux laisser dehors la ville exister sans moi.

Je n'ai plus besoin de tout faire par moi-même, de tout vivre par moi-même ; d'autres le font, le vivent pour moi. M'atteint la promesse du tout début : l'assurance de la jeunesse éternellement renouvelée du monde. Ce que tu laisses derrière toi n'est pas perdu ! Et si tu t'ingéniais à toujours être la même, à

toujours être vue, comment ton visage de nuit
trouverait-il sa forme ?

De pareille nuit, qu'y aurait-il à dire, pen-
sent le naïf, l'aventurier, l'amant ? Or c'est
l'absence de reliefs et de contrastes qui affine
la perception, laisse différencier des nuances
jusqu'alors indécelées ; j'entre dans la zone où
ce qu'on appelle blanc a quatre-vingt-dix-neuf
qualités dans la langue des Inuits. Sous la paupière s'ouvre un regard autre.

De jour je suis préoccupée à garder mon
corps en place, à le faire tenir dans son four-
reau de peau.

La nuit, les frontières sont dissoutes. En un
battement de cils, je rejoins le porche de
l'église Saint-Etienne, à trois rues de là, et je
le franchis à mon gré ; ou alors le parc de ma
tante à Gottenstein où les châtaigniers cente-
naires par temps de vent fort lâchaient leurs
giclées de bogues sur la tête des promeneurs.
Je suis partout. Je me dilate jusqu'à la palis-
sade du potager : depuis toujours, ses pieux
titubent comme une longue procession de
pèlerins ivres. Tenter de les redresser n'a
jamais servi de rien ; le désordre les reprend

aussitôt en bordure de ce tertre. Je me hasarde plus loin, encore plus loin, j'ose toucher la lisière de la forêt... Ma claire conscience m'emmène partout et parfois quand elle va trop loin et heurte un obstacle – un râteau oublié ou un astéroïde –, elle se rétracte brusquement, corne d'escargot, effrayée de sa propre hardiesse.

Et puis vient l'instant roi. Juste avant de partir dans la dérive du sommeil. Cet instant mollement suspendu au-dessus du vide, moratoire voluptueux. Le cheval à bascule. Juste avant de partir en avant ou en arrière... Le fléau de la balance juste avant qu'un gramme de plus n'infléchisse un plateau...

Hiatus incertain, frémissant. Acrobatie sur un fil de vierge. Un siècle dure moins qu'un pareil instant...

Il me reste en somme le cœur débordant d'amour, à maintenir un temps encore cette flottaison entre deux abîmes qu'est toute vie.

REMERCIEMENTS

Je suis redevable au Journal de Missie Vassiltchikov pour divers détails des scènes de bombardements à Berlin en 1944, qui a été publié par Alfred A. Knopf (1985, New York) sous le titre *Berlin Diaries*.